Herzsprung
Verlag

Impressum:

Besuchen Sie uns im Internet:
www.herzsprung-verlag.de

Herausgegeben von CAT creativ - www.cat-creativ.at
Lektorat und Gestaltung

im Auftrag von

© **2023 – Herzsprung-Verlag**
Mühlstraße 10 – 88085 Langenargen
info@herzsprung-verlag.de
Alle Rechte vorbehalten.
Erstauflage 2023

Cover erstellt von Papierfresserchens MTM-Verlag
unter Verwendung von Bilder von © M. Meier
und © simbos (Adobe Stock lizenziert)

Reisen Sie mit uns in das Sehnsuchtsland Italien und erleben immer wieder
neue „Un Amore Italiano – Geschichten einer Liebe in Italien".

Gedruckt in Polen / Bookpress

ISBN: 978-3-99051-129-9 - Taschenbuch
ISBN: 978-3-99051-130-5 - E-Book

Un Amore Italiano

Wenn ich an Venedig denke …

Italienische Liebesgeschichten – Band 8

Herausgegeben von
Martina Meier

Herzsprung-Verlag

Un Amore Italiano

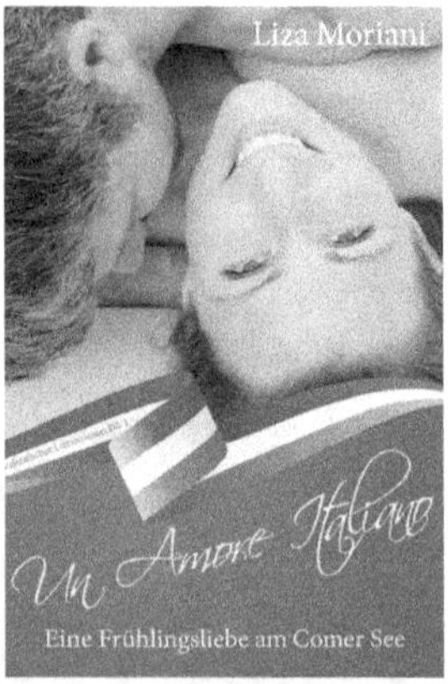

Band 1 bis 7

Inhalt

Amore finito

Verliebt in einer Gondel sitzen
und dabei ein wenig schwitzen,
Pizza und Spaghettieis.
Mann, oh Mann, ist das hier heiß!

Markusplatz und tausend Tauben,
das ist alles kaum zu glauben!
Ein Foto hier, ein Foto da,
Venedig ist so wunderbar!

Canal Grande rauf und runter,
dabei wird man richtig munter!
Und am Abend dann den Wein.
Werd nie mehr alleine sein!

Ehemann ist immer da,
jetzt wird mir das erst so klar.
Morgens seh ich sein Gesicht.
Abends auch, das will ich nicht!

Hochzeitsreise hin und her,
wollt vom Leben etwas mehr!
Hätte ich doch nachgedacht
und das alles nicht gemacht!

Mit Amore ist jetzt Schluss.
Ich steig in den nächsten Bus.

Dörte Müller, *geboren 1967, lebt und arbeitet im Rheinland. Sie unterrichtet Englisch, Deutsch und Kunst und schreibt Kinderbücher. Italien ist eines ihrer Lieblingsreiseländer.*

Der Mann mit
der venezianischen Maske

Es war ein milder, spätsommerlicher Septembertag. Weiße Segelboote glitten malerisch sacht über die Kieler Förde dahin. Möwen kreischten. Die 39-jährige Franzi und die 44-jährige Julia saßen im Garten eines Cafés und hatten von hier einen fantastischen Blick auf die Ostsee. Anders als an anderen Tagen konnte Julia diese schöne Aussicht heute aber nicht genießen. Das ruhige, freundliche Wetter passte nicht zu ihrer aufgewühlten Stimmung. Sie wischte sich stumm die Tränen aus dem Gesicht.

„Was ist denn nur los?", fragte Franzi.

„Ich bin glücklich. Björn und ich erwarten ein Kind. Ich hatte mit meinen 44 Jahren schon nicht mehr damit gerechnet."

„Das ist großartig! Aber was stimmt denn nicht? Das sind doch keine Freudentränen."

Julia schniefte: „Ich bin glücklich wegen der Schwangerschaft, aber ich bin unglücklich in meiner Ehe. Wahrscheinlich wird der vierte Hochzeitstag auch als seidene Hochzeit bezeichnet, weil die Ehe zu diesem Zeitpunkt noch am seidenen Faden hängt."

Franzi streichelte ihr mitfühlend über die Schulter. „Was ist passiert? Ihr ward doch immer so glücklich."

„Ja, ein richtiges Traumpaar!", sagte Julia bitter.

„Das haben wir zumindest alle gedacht."

„Das habe ich auch gedacht, aber als ich Björn vorgestern von der Schwangerschaft erzählte, hat er sich nicht gefreut. Stell dir vor, er glaubte mir nicht, dass es sein Kind ist!"

„Was? Ist er verrückt geworden? Du liebst ihn doch und er war doch sonst nie so eifersüchtig und irrational!"

„Nun, er hat mir eben gestanden, dass er schon zwei Jahre vor unserer Eheschließung eine Vasektomie durchführen ließ", presste Julia hervor.

„Er hat sich sterilisieren lassen?"

„Ja! Es ist für mich ein so großer Vertrauensbruch, dass er mir diese wichtige Sache einfach verschwiegen hat. Vier Jahre lang hatte ich gehofft, dass wir noch ein Kind bekommen. Ich dachte, es läge an unserem Alter, dass es nicht klappte. Inzwischen weiß ich, dass getrennte Samenleiter wieder zusammenwachsen können. In sehr seltenen Fällen kann das auch noch Jahre nach einem solchen Eingriff geschehen", schluchzte Julia.

„Ich verstehe! Weil eine solche Regeneration so extrem selten ist, hat er dir nicht geglaubt, dass er der Vater ist."

„So ist es! Nun stehe ich mit unserem Kind ebenso alleine da wie mit den Tickets nach Venedig. Eine Reise, die ich zum vierten Hochzeitstag plante, um den Mann zu überraschen, den ich liebe!"

Franzi überlegte einen Moment, dann sagte sie: „Ich finde, du solltest nicht auf diese Reise verzichten. Ich begleite dich gerne nach Italien, wenn du das möchtest."

Julia schnäuzte in ein Papiertaschentuch und warf es in den Mülleimer. „Du hast recht! Es reicht schon, wenn meine Ehe zerrüttet ist. Ich muss nicht auch noch die teuren Tickets verfallen lassen."

„Das wird schon wieder!", sagte Franzi tröstend.

„Nein, das wird nicht mehr! Ich bin so böse auf ihn, wie ich noch niemals war! Zugleich fühlt es sich so an, als würde ich mich nie wieder verlieben können."

Franzi sagte: „Das glaube ich nicht. Du bist eine attraktive Frau und hast sicherlich auch ü40 noch immer jede Menge Chancen. Das Wichtigste aber ist, dass du wahrhaft geliebt hast. Wer das Lieben nicht verlernt hat, der wird früher oder später wieder jemanden finden."

„Ich hoffe, du hast recht. Ich möchte nämlich nicht ohne die Liebe leben."

Die Zeit bis zum Antritt ihrer Reise verging im Nu und so kamen Franzi und Julia nur einen Monat später bei strahlendem Wetter in ihrem altehrwürdigen Hotel in Venedig an. Der galante Mann an der Rezeption wünschte den beiden Frauen einen romantischen Aufenthalt in der Stadt der Liebe. Als der Kofferträger augenzwinkernd dasselbe sagte, blickten sie doch etwas irritiert. Als sie dann auf ihrem Zimmer eine Vase mit einer langstieligen, roten Rose, eine Schale mit Früchten und einen Kübel Sekt vorfanden, ging Julia ein Licht auf.

„Ich glaube, ich habe dem Hotelpersonal vergessen mitzuteilen, dass wir nun keinen Hochzeitstag mehr feiern."

Franziska lachte: „Sie denken also, dass wir beide …?"

Sogar Julia musste unwillkürlich grinsen. „Ein nettes Willkommensgeschenk!", freute sie sich.

„Aber Alkohol ist für Schwangere tabu!", sagte Franzi entschieden und stellte die Flasche in den Schrank. Julia pflichtete ihr bei.

Wenig später fuhren die beiden Frauen mit dem Vaporetto – einem sogenannten Wasserbus – auf dem Canal Grande bis zur imposanten Rialtobrücke und liefen von dort weiter zum Markusplatz. Das geschichtsträchtige Stadtviertel mit dem Dom und dem Dogenpalast war voller Goldschätze, Mosaike, Fresken und Skulpturen.

Vor der sogenannten Seufzerbrücke seufzte Julia: „Es gibt wohl keinen besseren Ort, um das Ende einer Ehe zu betrauern."

Franziska sagte: „Diese Brücke trägt ihren melancholischen Namen, weil einstmals die Gefangenen hier zu ihren Kerkern geführt wurden. Du aber bist gewiss keine Gefangene. Du bist frei! Jetzt darfst du dir wieder die schönen Italiener ansehen. Wie lange hattest du schon kein Abenteuer mehr?"

„Ich bin noch nicht bereit für ein neues Abenteuer. Ich bin zwar frei wie ein Vogel, aber das heißt doch nur, dass sich niemand um mich schert."

Zu Fuß liefen sie durch die engen und verwinkelten Gassen zurück zum Hotel. Sie gingen von einer Brücke zur nächsten und sahen unter sich die schlanken Gondolieri, die vor allem Touristen über das türkisfarbene Wasser beförderten. In der Nähe ihres Hotels erblickte Franziska in einer finsteren Ecke auf einmal einen Mann, der eine weißgoldene, venezianische Maske und einen schwarzen Umhang trug. Er musterte die beiden Frauen ebenso durchdringend wie sie ihn.

„Sieh nur! Sieht der Mann nicht fantastisch aus?", rief Franzi verzückt.

„Mich ängstigt diese Fratze. Ich finde Menschen unheimlich, die mich beobachten und die ich nicht erkennen kann", sagte Julia.

„Ich finde, er sieht eher traurig aus. Wahrscheinlich verkleidet es sich, um sich für etwas Geld fotografieren zu lassen. Soll ich ihn fragen, ob wir ein Foto mit ihm machen dürfen?"

„Nein, lieber nicht!", sagte Julia und huschte in den Hoteleingang. Achselzuckend ging Franzi ihr nach.

Bevor sie an diesem Abend müde ins Bett fielen, sagte sie noch: „Merke dir deine Träume! Was du in der ersten Nacht in einem fremden Bett träumst, geht in Erfüllung."

Julia schlief daraufhin unruhig. Der Maskenmann verfolgte sie in ihren Träumen.

Am nächsten Tag besuchten sie die Insel Murano, das weltberühmte Zentrum der Glasbläserei. Der Sohn eines alten Geschäftsmannes hatte offenbar ein Auge auf die deutschen Frauen geworfen und machte für sie eine private Führung in den oberen Räumlichkeiten. Die beiden bewunderten die farbenprächtigen, gläsernen Meisterwerke. Anschließend bot ihnen der junge Mann einen Cappuccino an. Er hieß Alessandro. Er hatte schulterlanges Haar, schwarze Augen und einen muskulösen Oberkörper. Sein Alter schätzten die Frauen auf Mitte dreißig.

„Julia, é un nome italiano“, rief er. Franziska nannte er Francesca. Nachdem sie sich eine Weile unterhalten hatten, lud er die beiden ein, den Künstlern in der Werkhalle bei ihrer Arbeit zusehen. Freudig willigten sie ein.

Auf einmal sah Julia unter den Zuschauern wieder den Mann mit der weißen Maske und dem schwarzen Umhang. „Warum ist der schon wieder in unserer Nähe und beobachtet uns?“, wisperte sie.

„Ein sonderbarer Zufall!“, wunderte sich auch Franziska.

„Ich glaube nicht an solche Zufälle“, flüsterte Julia bang. „Sieh nur, wie er uns anstarrt!“ In diesem Moment drehte ihnen der Mann den Rücken zu und verschwand wieder in der Menge.

„Seit wann machen dir gut gekleidete Herren solche Angst?“, fragte Franziska.

„Ich habe das Gefühl, er verfolgt uns.“

„Hier sind überall Menschen. Du brauchst dich nicht zu fürchten.“

Julia war zwar beklommen zumute, doch sie vergaß den Vorfall bald wieder. Sie kaufte Alessandro noch eine kleine, blau-grüne Vase ab. Als Dank für den wertvollen Kauf wollte der sich erkenntlich zeigen und lud die beiden Deutschen großzügig zum landestypischen Essen ein.

Alessandro war ein Charmeur und er verstand es, zu flirten. Äußerlich war er durchaus Julias Typ, aber sie fühlte sich noch nicht bereit für ein erotisches Abenteuer. Das spürte auch der Italiener.

Als Franzi und Julia in dieser Nacht nach einem kleinen Bummel durch die beleuchteten Straßen zum Hotel zurückkehrten, lag auf der Türschwelle zu ihrem Zimmer auf einmal ein verpacktes Geschenk mit einer seidenen Schleife. Daneben lag eine seidene, rote Rose. Als Julia die Schachtel öffnete, lag darin ein Collier mit blaugrünen Glassteinen und eine Karte mit ihrem Namen.

„Wow! Alessandro hat sich offenbar in dich verliebt. Sieh dir nur diese schöne Kette an! Das ist italienische Handarbeit.“

Julia legte das Collier an.

„Die Farbe passt perfekt zu deinen Augen", sagte Franziska.

Obwohl Alessandro sich ihre Telefonnummern notiert hatte, rief er anderntags nicht gleich an. Julia hatte seine Nummer nicht, also konnte sie sich nicht für die Kette bedanken. Statt eines Anrufs fanden die beiden Frauen auch am nächsten Tag wieder eine seidene, rote Rose und ein an Julia adressiertes Kuvert vor ihrer Zimmertür. Darin lagen zwei Opernkarten für das Teatro la Fenice.

„Das sind Karten für Turandot. Es ist eine meiner Lieblingsopern."

„Ihr beiden scheint ja wirklich zwei Seelenverwandte zu sein", sagte Franzi etwas neidisch.

„Franzi, ich bekomme bald ein Kind. Nichts liegt mir ferner, als irgendeine Affäre einzugehen."

„Wer sagt denn, dass es nur eine Affäre ist. Du hast selbst gesagt, dass du nicht ohne die Liebe leben möchtest. Du hast dir den Zeitpunkt vielleicht nicht ausgesucht, aber der Zeitpunkt hat dich ausgesucht."

Am nächsten Abend begleitete Franzi ihre Freundin in die Oper, obgleich sie diese Musik nicht sonderlich mochte. „Bestimmt wird Alessandro heute Abend da sein", vermutete sie.

„Wow, was für ein Glanz!", sagte Julia, als sie in der vergoldeten Loge Platz nahmen. „Die Karten haben ihn bestimmt eine Menge Geld gekostet."

„Davon hat er wahrscheinlich genug."

„Die Semperoper in Dresden ist ähnlich eindrucksvoll, ansonsten kenne ich in Deutschland keine derart prunkvollen Opernhäuser."

Noch ehe sie Alessandro unter den Zuschauern entdecken konnten, wurde es dunkel im Saal. Der schwere Samtvorhang öffnete sich und die Musik ertönte. Als die bekannte Arie *Nessun dorma* erklang, erinnerte sich Julia wehmütig daran, dass ihr Björn den Verlobungsring geschenkt hatte, nachdem sie in eben dieser Oper waren. Als die Kronleuchter nach der Vorstellung wieder in hellem Licht erstrahlten und der Applaus ertönte, klatschte sie begeistert Beifall. Julia blickte sich noch einmal um, ob Alessandro irgendwo saß. Doch auf einmal zuckte sie zusammen. In einer Loge ganz in ihrer Nähe saß der Maskenmann. Nun bekam sie wirklich Angst. Sie zerrte aufgeregt an Franzis Arm und wollte fortlaufen, aber Franzi versuchte, sie zu beschwichtigen. Als der Mann ihre Furcht erkannte, lüftete er endlich seine Maske …

An dem Wochenende nach ihrem gemeinsamen Urlaub besuchte Franzi ihre Freundin in ihrer Wohnung. „Ihr habt sie euch tatsächlich an die Wand gehängt?", kicherte sie und betrachtete die venezianische Maske im Flur.

„Ja! Das war immerhin eine gewaltige Überraschung, dass Björn der Maskenmann war und mir all die Geschenke gemacht hat", sagte Julia und lächelte ihren Ehemann an.

„Das ist wirklich eine bemerkenswerte Geschichte", meinte Franzi. „Mir ist noch kein Mann heimlich in ein fremdes Land gefolgt."

„Warte nur ab, bis du erst mein Alter erreicht hast! Womöglich wirst du dann auch die eine oder andere unglaubliche Geschichte erlebt haben. Die Zeit ist eine Geschichtenerzählerin", sagte Julia schmunzelnd.

„Ich freue mich jedenfalls für euch und euer Kind, dass ihr beiden euch wieder vertragen habt."

Julia nickte. Sie hatte letztendlich entschieden, dass all das Gute und Richtige in ihrer Ehe mehr bedeutete als die eine Unrichtigkeit. Björn hatte im Gegenzug versprochen, ihr nie wieder zu misstrauen oder ihr gar etwas Wichtiges zu verheimlichen. Beide freuten sich darauf, schon bald eine richtige Familie zu sein.

Olivia Stahlenburg, *geboren 1971, hat bereits zahlreiche Kurzgeschichten für Kinder, Jugendliche und Erwachsene veröffentlicht. Die Förderschullehrerin und Autorin lebt in der Metropolregion Rhein-Ruhr. Weitere Infos unter www.oliviastahlenburg.de.*

Wenn Thomas davon erfahren hätte ...

Natalia tritt ihre Reise nach Venedig auch ohne ihn an. Für die Petersberger ein Ärgernis. Häufig munkeln sie ohne triftigen Anlass. Zumeist sind ihre Proteste Wellen, die in der Gemeinde mühelos verebben. Natalia ahnt, diesmal dauere es länger.

Anstelle von Thomas wird Geissler mit ihr verreisen. Ein scheuer Mensch, der sieben Tage in der Woche um die Gräber des Petersberger Friedhofs streicht, seine Aufmerksamkeit den Inschriften auf Steinklötzen widmet, als stünden da Todesdaten inniger Bekannter oder naher Verwandtschaft. Ohne Panamahut erinnert er an Clark Gable, der seinerzeit einem Herzinfarkt erlag. Ohne Panamahut wird Geissler nirgendwo gesichtet. Die auffallend breite Krempe ragt tief in seine Stirn. Mit dem mattsilbernen Schläfenhaar und Geisslers überschüssiger Haut am Hals assoziiert Natalia Weisheit, Cleverness, Stil und Klasse. Nach Thomas wurde ihr der von Falten zerfurchte Mann nötig. Er ist eine mystische Erscheinung. Das Unbekannte reizt sie. Wer ist der Herr, leicht gebückt, nie in Begleitung? Das wollte sie herausfinden, deshalb hat sie ihn angesprochen, den wankenden Geissler.

Der Friedhof ist ein Mikrokosmos. Exakt zugeteilte Grabflächen sorgen für Klarheit. Und ebenda in konzentrierter Stille, in Natalias Gegenwart, fiel es ihm nicht schwer, seine Vita auszubringen: „Es werden meine spätesten Monate sein. Von meinem Sturz in der Duschkabine habe ich mich nie erholt. Die Gebrechen alter Leute, behaupten Mediziner, sie wissen einfach nicht, was mit mir vorgeht. Im Frühling zerschlägt man auf Polterabenden Porzellan, im Herbst sind es Glieder, Rippen, Knochen, die sich selbst zerstören, so zynisch reden die Ärzte. Und ich glaube ihnen.“

Ist es an Natalia, den angeblichen Todeskandidaten in seinen Prophezeiungen umzustimmen?

„Kommen Sie mit?“, fragte Natalia, nachdem der Greis sie mit schamlosen Geständnissen jeglicher Befangenheit beraubt hatte. „Kommen Sie, begleiten Sie mich nach Venedig.“ Drei Wochen Urlaub hatte Thomas mit ihr anberaumt, 25 Tage genau genommen.

Etliche Stunden nach Natalias: „Kommen Sie mit?", stehen sie und Geissler im obligatorischen Stau zu Ferienbeginn auf dem Brenner.

„Hinter dieser Wetterscheide glitzert das feuchte Gras der Almen, da läuten Glocken, muhen Kühe, der schräge Stand im alpinen Gefälle macht sie dösig."

„Natalia, zeigen Sie mir die Lagunenstadt."

„In der Brückenmetropole bin ich geboren. Es ist mein Venedig. Die Perle der Adria. Sie bemerken meine Euphorie."

Geisslers Panamahut wippt, seine rechte Hand umklammert den oberen Haltegriff, dennoch schlackert sein Oberkörper. Ist der Beifahrersitz eine rutschige Piste, die ihn bestenfalls unverzüglich abschütteln möchte? Natalia grinst. Ihr Amüsement entgeht ihm nicht, er quittiert mit einem Lächeln. Der hochgewachsene Geissler mit zugekniffenen Augen im weißen, von Hagelkörnern zerschossenen Lancia. Ein Porträt für Chroniken.

Natalias Wade ist vom permanenten Drücken der Pedale eingerosteter als die Karosserie ihres mit 130000 Kilometer belegten Lancia.

Auf einer Rastanlage schlendern sie verwundende Wege, schlürfen überteuerten Cappuccino im Bistro, tanken, dank Geisslers eindringlicher Mahnungen, nie den verkehrten Kraftstoff. Sie schluckt Koffeintabletten und ihren Kummer wegen der horrenden Preise, er lutscht Mentholbonbons, beide lecken mikroskopische Spuren von Schlagobers von ihren Lippen und bei einem weiteren Halt ist es Natalia, die einen brühenden Espresso auf stählernem Bistrotisch verschüttet: „Auch jüngere Leute haben Tremor."

Natalia kokettiert mit ihrer Unterzuckerung, doch im Nu, mit einer reifen Banane, die sie hinter dem Lenkrad verdrückt, ist sie behoben. Geisslers Laune blüht in der, zugegebenermaßen von Natalia eingefädelten Heißhungerattacke. Zwei nachgeschobene Schinkensemmeln später ist ihre verschwommene Sicht endgültig gelichtet.

Kilometer ziehen dahin, Leitplanken werden abgespult, historische Dörfer unweit der Autobahn überfliegen sie, das Tempo des Lancia degradiert sie zu anonymen Provinznestern. Wälder flirren, man sieht ihre einzelnen Bäume nicht, Weinreben an fernen Hängen hingegen sind deutlicher erkennbar. Auf der Route gen Venedig ist jedes Objekt eine Bake für die etwaige Einschätzung der noch zu absolvierenden Strecke. Der Countdown läuft, sie fiebern der Ankunft entgegen.

„Wenige Stunden noch, dann sind wir dort, unser Urlaubsziel ruft nicht nur, es ist erreichbar", sagt er, seine Blicke schweifen, links und rechts überholen Motorradfahrer, Lieferwagen, Coupés, ein probeweise in autonomer Fahrt mitschwimmender Tesla, der Insasse hat einen Laptop auf seinem Schoß, nur Schwertransporter, von denen werden sie nicht überholt. Natalia ist augenscheinlich unbeeindruckt von den Reaktionen des sie umgebenden Verkehrs. Einmal bremst sie unmotiviert, dann beschleunigt sie ohne Not. Die Mittelspur ist ihre Bastion, im Kokon der Vorbeischnellenden erlebt sie eine Art von Nestwärme, heimatliche Gefühle Venedigs schon im Voraus.

„Früher waren Sie in sämtlichen Bezirken des Friedhofs vertreten, dann sind Sie schlagartig verschwunden. Ich dachte für immer."

„Dann kamen Sie, Natalia. Sonst säße ich nicht hier neben Ihnen."

„Ich erinnere mich an den besagten Tag. Ein Dutzend Trauernder zockelte hinter dem wahrlich prunkvollen Sarg, wie ich erfuhr, waren sie allesamt von weither angereist, wie ich sah, waren sie arg betroffen, wie ich zu meiner Erleichterung feststellte, lagen nicht Sie darinnen. Petersberg spekulierte, die Gerüchteküche brodelte: Ist Geissler jetzt gestorben?"

„Sie sehen, noch lebe ich."

„Ihr plötzlicher Rückzug hat mich angestiftet, ich musste nach Ihnen forschen. Und siehe da, zwischen Toilettenhäuschen und Geräteschuppen habe ich Sie gefunden."

Geissler fixiert die Senderanzeige der Mittelkonsole. Rai Radio 1 dudelt. Venedig lockt. „Venedig ist ein Magnet. Keine andere Stadt fällt mir ein, bei der man Vorfreude so verbindlich genießen kann. Man sitzt in einer Gondel, lange bevor man ankommt."

„Die Predigt des Pfarrers war ein Gemälde zu Ehren des Verstorbenen. Allein wegen der lobenden Worte dachte ich, es ginge um Sie."

„Sie schmeicheln mir, Natalia, na, na, na. Der manierliche Herr ist nicht abgetaucht, er wird hinabgefahren sein mit dem Sarg ins Reich der Würmer und zugedeckt mit Erde. Gestatten Sie meine saloppe Redensart, geben Sie ruhig zu, das haben Sie doch gedacht, Natalia, ich bitte Sie."

„Sie haben sich rargemacht. Meinem Verständnis nach waren Sie verschollen."

„Wissen Sie, was ich brauche? Sicher wissen Sie das. Ich brauche meine Ruhe. Friedhelm, ich heiße übrigens Friedhelm, ein scheußlicher Name, finden Sie nicht?"

„Ist der Kontakt mit Ihrem Namen womöglich infektiös? Ich werde ihn geflissentlich ignorieren."

„Nun befinden wir uns auf der Straße nach Süden. Nichts und niemand kann uns aufhalten."

„Wer hätte gedacht, wir würden gemeinsam nach Italien verreisen?"

„Wir sind frei von Konventionen. Wie jene Enthusiasten, die mit flammenden Leinentüchern um ihre Leiber applaudierten, bis ihre Handflächen nach verbrannter Haut rochen."

„Sie klatschten dem Mann im Sarg."

„Was treibt eine adrette, gewiss noch lebenshungrige Frau so unausgesetzt zu dieser Stätte?"

Jäh drückt Natalia das Gaspedal. Auf Anschlag. Friedhelms Frage mag sie vorerst nicht beantworten. Kleine Villen mit Flachdach, zartrosa, blassblau und dottergelb, zwei oder drei Kilometer abseits der Autobahn, nimmt sie ins Visier. Insgeheim schwingt Angst mit bei Geissler. Sie überschreitet italienische Limits, die er zu reklamieren nicht wagt, stattdessen rutschen sie ins Du. Und bleiben fortan dabei.

„Die blechernen Töne durchs Mikrofon."

„Der Hall im Nachgang."

„Natalia, alles verhallt. Mein Ende ist absehbar. Es gibt keine Zukunft. Abrupt wie unsere Route werde ich enden. Für die irdische Spielzeit gibt es keine Verlängerung, das muss meiner Berufsgruppe ins Gedächtnis gerufen werden. Klappe zu …"

„Du bist?"

„Schriftsteller. Ich schreibe über Vergänglichkeit, und je mehr ich über sie schreibe, umso weniger will ich mich ihr fügen."

„Mit dem Job kann man auskommen?"

„Brot und Bett, ich bin in der Hinsicht genügsam."

„Sonstige Wünsche?"

„Tausend Jahre bräuchte ich, um die Ideen in meinem Kopf restlos umzusetzen. Manuskripte gehen in zweifacher Ausfertigung an meinen Verleger oder landen im Ofen."

„Ich kenne deine Texte …, ich bin ehrlich, ich kenne sie nicht, nicht einen."

„Dem Friedhof verdanke ich meine Inspirationen, die dortige Atmosphäre spiegeln meine Texte."

Friedhelm Geissler und Natalia stehen vor den Toren Venedigs. Für einen Moment meint Natalia, sein Skelett schimmere durch die Epidermis. „Wir nehmen das Wassertaxi, anders kommen wir nicht voran“, sagt sie. Das Boot kräuselt die See zu weißem Schaum im Beisein des gräulich geäderten Mondes.

„War der Verstorbene, wie getuschelt wird, ein Stuttgarter Romancier?“

„Mit Bestsellern am laufenden Band, von Weltruhm war er. Sein Pseudonym hat er nie aufgegeben.“

„Soso.“

„Auf Schreibkursen sind wir uns in den Anfangsjahren seiner Karriere begegnet. Nie hat er aufgehört, mich als Leichenfledderer zu verspotten.“

„Und?“

„Ein Fünkchen Wahrheit ist dran. Ich wäre mittlerweile gut beraten, mich nicht mehr ständig auf Friedhöfen herumzutreiben.“

„Vergiss nicht ...“

„... dort haben wir uns kennengelernt.“

Das Hotel International. Ein livrierter Page übernimmt Natalias Gepäck, schiebt Friedhelms vergilbten Koffer, mit Aufklebern von Messen, Signaturen seiner Künstlerkollegen, durch die Eingangshalle.

Friedhelm stapft voraus, Natalia ist Schlusslicht, trottet hinterher im Spalier von künstlichen Palmen, blubbernden, nach muffigen Lachen stinkenden Wassersäulen, auf teils gesprungenen Fliesen aus Carrara-Marmor. Sieben Treppenstufen führen hinab zur Rezeption, einem finsteren Verlies.

Eine Dame mit Mandelaugen und schmalem Nasenrücken, der ihren Mund unverhältnismäßig zur Geltung bringt, empfängt sie, klimpert bereits mit Schlüsseln. Den Fineliner im Pinzettengriff, Natalia reicht ihr den Ausweis, sie sucht auf ihrer Liste: „Thomas und Natalia Johannsen ...“

„Oh je, ich vergaß, umzubuchen.“

Friedhelm, noch fahler, sieht über Natalia hinweg auf die um neutrale Miene bemühte Rezeptionistin, flüchtig beben die Grübchen auf ihren Wangen.

Natalia: „Frau Johannsen, das bin ich. Das hier ist Friedhelm, nicht Thomas.“

Friedhelm: „Was ist mit Thomas? Von ihm hast du nie Näheres erzählt!“

Natalia kramt eine Isolierkanne aus ihrem Rucksack, spült mit einer

Tasse Kräutertee den Kloß in ihrer Kehle speiseröhrenabwärts: „Thomas ist tot. Sein Tod ist mein Grund, so häufig auf den Friedhof zu gehen."

„Lassen Sie uns ein. Mich und Friedhelm."

„Entschuldigen Sie, unverheiratete Paare, die ihre Partner hintergehen, dürfen wir nicht aufnehmen." Unterschwellig scheint die Rezeptionistin das zu bedauern. Sie seufzt und ergänzt, mehrere Jahre hätte sie in Bochum gewohnt, im Stadtteil Wattenscheid, als ob dieser Umstand für ihre Absage entschädigen würde.

Auf einer Campinganlage mit verstreuten Bungalows finden sie schließlich Unterschlupf. Löchrige Socken vom Vormieter setzen auf der 1,4 Meter schlanken Matratze Duftmarken.

Friedhelm und Natalia liegen Probe, ohne gebührlichen Abstand zwar, doch die Enge ist verzeihlich, denn es sind räumlichen Vorgaben geschuldete, nach Natalias Willen im Nichts versandende Berührungen.

In der Dämmerung des darauffolgenden Morgens lehnt Friedhelm im Türstock des Eingangs. Einen Becher Mikrowellen-Kohlsuppe trägt er mit. Sein beiger, versehentlich einem Hotelzimmer entwendeter Bademantel, verdeckt weißes Brusthaar, magere Beine und auch seine Leisten.

Natalia, eingehüllt von samtweichem, federleichtem Bettzeug, säuselt bei gefalteten Händen: „Mein Thomas, was geschehen ist, hat für unsere Beziehung nichts zu bedeuten."

Bevor sie in Tränen ausbricht, legt der Greis seinen Panamahut ab, seine Arme auf ihren Bauch. Friedhelms Herz pocht, pocht, pocht, er ringt um Atem, versinkt in Bewusstlosigkeit.

„Möge dein Thomas mir verzeihen", flehen Friedhelms Augen, nachdem er am 24. Tag seit der Anreise aus dem Koma erwacht.

Natalia kann seine ausgestreckten Arme ihrerseits nicht erwidern. Nie wieder möchte sie Friedhelm Geissler berühren.

Oliver Fahn wurde 1980 in Pfaffenhofen an der Ilm im Herzen Oberbayerns geboren. Der Heilerziehungspfleger lebt bis heute zusammen mit seiner Frau und seinen beiden Söhnen in der Kreisstadt. Fahn veröffentlicht regelmäßig Beiträge in Kulturmagazinen und verfasst Texte für Anthologien.

Hin und zurück

„Max", rufe ich aus, als ich den großen Mann mit den roten Haaren wiedersehe. Freudig eile ich auf ihm zu.

Sein Grinsen wird breiter. Während ich immer schneller auf ihn zulaufe, dreht er das Schild mit meinen Namen um. *Willkommen zurück*, hat er geschrieben. Jetzt muss ich lachen und springe ihm um den Hals.

„Hallo Laura", sagt er und drückt mich an sich. „Was hast du mit deinen Haaren gemacht?", will er wissen, als er etwas Abstand nimmt.

„Ach ja, eine kleine Typ-Veränderung", meine ich.

„Sie sind lila und kurz. Laura, das ist alles, aber definitiv nicht klein."

Ich zucke mit den Schultern. „Keine Ahnung, ich ging zum Friseur und hab gesagt, ich will mich verändern, na ja, und das kam dabei heraus." Kopfschüttelnd lacht er und wir gehen Richtung Ausgang.

Hier haben wir uns vor ein paar Monaten „Auf Wiedersehen" gesagt und jetzt bin ich seinetwegen wieder hier, weil er heiraten wird. Damals habe ich nicht daran gedacht, dass sich aus dem schlechtesten Start in einen Urlaub eine so tolle Freundschaft entwickelt. Wie es dazu gekommen ist, kann ich gerne erzählen:

„Der letzte Aufruf für Lufthansa-Flug 4236 von München nach Marco Polo", schallte es durch den Lautsprecher des Flughafens. Fluchend eilte ich zum Gate. Dabei schriebe ich schnell Alex noch eine Nachricht:

Wo bleibst du? Es war gerade der letzte Aufruf!

Ich reichte einem Mann die Bordkarte und konnte weitereilen. Währenddessen schaute ich immer wieder auf das Display, nicht mal zwei Häkchen. Ich schnaufte, weil ich so gerannt war. Kurz hatte ich die Vermutung, dass er mich überraschen wollte und schon auf dem Platz saß. Aber nichts! Unsere beide gebuchten Plätze waren leer.

Seufzend ließ ich mich auf den Sitz fallen. Die App sagte keine Änderung. Ich legte den Rucksack oben in das Fach und nahm wieder Platz.

Die Frau, die am Fenster saß, sah mich komisch an. Kurz lächelte ich sie an.

„Keine Angst", sagte der Mann auf der anderen Seite des Ganges, „Fliegen ist sicherer als Autofahren."

„Ich habe keine Angst, ich warte nur auf jemanden."

Er verdrehte seine grünen Augen und wandte sich ab. Stirnrunzelnd sah ich kurz noch seine dunkelroten Haare an, bis ich mich wieder auf das Handy konzentrierte. Da endlich – zwei Häkchen und sie wurden sogar blau.

„Handy bitte weglegen, wir starten gleich", sagte die Flugbegleiterin freundlich.

Ich nickte und sie ging weiter. *Wir starten gleich*, tippte ich schnell. Gerade als ich es abschicken wollte, bemerkte ich, dass Alex schrieb. Mein Herz schlug schneller und dann ploppte der Text auf:

Ich komme nicht mit. Sieh es ein, unsere Beziehung hat keinen Sinn mehr, hiermit beende ich es!

Ich las es immer wieder, gefühlt hundertmal, aber nichts änderte sich an seinen Worten.

„Handy aus!", zischte die Stewardess nun mich an.

Ich schloss meine Lider, drückte auf den Knopf und ließ es hinunterfahren. Immer wieder schluckte ich den Kloß, der sich in meinem Hals gebildet hatte, hinunter. Ich wollte nicht losheulen, aber meine Augen brannten. Ich wusste, dass die Tränen bald ihren Weg finden würden.

„Hier", sagte der Mann von der anderen Seite des Ganges wieder.

Ich blickte zu ihm. In der Hand hielt er mir Taschentücher hin. Verlegen griff ich nach der Packung. „Danke." So viel dazu, es zu verbergen, ich heulte los. Wie ein Wasserfall kam es aus der Drüse. „Verlassen", wimmerte ich.

Er strich mit einem Tuch über mein Gesicht. „Ich höre Ihnen gerne zu."

Ich wollte nicht, aber ich konnte es nicht stoppen. Ich redete und redete. Von dem ersten Treffen mit Alex und mir, den Streitigkeiten, dem Versuch, in Venedig wieder zu uns zu finden, bis hierhin, wo er es doch nicht mehr probieren wollte. Im Großen und Ganzen schüttelte ich also einem Wildfremden in einem Flugzeug meinen Herzschmerz aus.

„Du hast es wenigstens versucht, mehr kannst du nicht machen. Hört sich hart an, das weiß ich. Aber ich habe vor drei Monaten so etwas Ähnliches durchgemacht."

„Wirklich?"

„Ja." Er seufzte. „Wir waren sogar verlobt."

„Oh."

Nickend hob er die Hand, um die Stewardess zu rufen. Sobald sie in Hörweite war, bestellte er: „Zwei Sekt bitte." Sie nickte und eilte wieder davon.

„Sekt?", hinterfragte ich.

„Klar doch." Beim Grinsen bekam er Fältchen um seine Augen. „Du musst diesen Abschluss feiern, um neu zu starten."

War es wirklich das, was ich gerade brauchte?

„Vertrau mir." Er reichte mir die Hand. „Max."

„Laura", sagte ich und schüttele seine. Mein Blick ging zum Vorhang, der sich bewegte, die Flugbegleiterin mit unserem Sekt kam zum Vorschein. Sie reichte uns die Gläser.

„Also, Laura, auf uns."

Wir stießen an und ich nippte von dem prickelnden Getränk.

Max atmete tief durch. „Meine Ex und ich, wir wollten nach Venedig. Dort hatte ich geplant, ihr einen Antrag machen. Aber sie hat im Flughafen Schluss gemacht und ist jetzt mit meinem Ex-Chef zusammen."

Ich seufzte. „Wenn ich wüsste, was ihn umgestimmt hat."

„Nein, es ist vollkommen egal, weil es vieles und auch nichts sein kann. Du hast es versucht. Er ist gegangen, mehr zählt nicht."

War es wirklich so einfach? Oder war ich es, die sich so an diese Beziehung geklammert hatte? Immerhin waren wir mehr als fünf Jahre ein Paar.

Er stupste mich an. „Was hältst du davon, wenn wir zusammen die Stadt unsicher machen?"

„Ich hatte einen Plan."

„Daran können wir immer noch festhalten."

„Max, nimm es mir nicht übel, aber nein, ich werde nicht mit dir ein romantisches Wochenende in Venedig verbringen."

Er lachte auf und stimmte mir zu. „Dann lass mich dir die Stadt zeigen, schöne Läden, Galerien oder wo es das beste Eis gibt."

Seine Beharrlichkeit ließ mich schmunzeln. Es war ja nicht so, dass er mir unsympathisch war. Aber ich wurde gerade verlassen, auf etwas Neues hatte ich keine Lust.

Wieder schubste er mich. „Komm schon. Sieh mich als deinen Ich-fall-nicht-in-Trauer-Begleiter."

„Na ja, zumindest wüsstest du, wie ich mich fühle."

„Und ich kenne die Stadt." Er hielt mir das leere Glas hin. „Davon ab sind wir beide verletzt genug, sodass wir wissen, was wir von dem anderen erwarten."

„Wohl wahr", sagte ich und ließ es leicht klirren. Womöglich war es genau das, was ich brauchte, Abstand und jemanden, der meine Situation verstand. „Auf eine platonische Venedig-Freundschaft."

Lachend nickte er und dieses Mal war es ansteckend. Mit einem hatte er jetzt schon recht, mir ging es durch dieses Gespräch besser. Zumindest dachte ich nicht so sehr an Alex und die Zeit, die er gerade weggeworfen hatte.

„Wir landen gleich, bitte anschnallen", dröhnte es aus den Lautsprechern. Verwundert leerte ich schnell das Glas. Normal wurde das vorher eingesammelt. Max hob seines hoch und eine Flugbegleitung holte es zügig. Ihren grimmigen Blick dabei hatte sie nicht verstecken können.

„Wie lange bleibst du in Venedig?", fragte ich Max.

„Ich habe inzwischen eine Wohnung dort."

„Wow, ich weiß nicht, ob ich mir Venedig je wieder ansehen würde. Wenn du nicht wärst, hätte ich vermutlich gleich den nächsten Flieger nach Hause genommen."

„Schwer vorstellbar, ich weiß." Er seufzte. „Als sie Schluss gemacht hat, bin ich trotzdem hierher und habe mich in die Stadt verliebt. Venedig kann nichts dafür, dass Menschen sind, wie sie sind."

„Was gefällt dir dort denn so?"

„Alles." Auf seinen Lippen lag ein zufriedenes Lächeln. „Ich werde dir Venedig zeigen, wie es nur die Einheimischen kennen."

„Und was ist daran anders?"

„Mh", machte er. „Das, was jeder Tourist dort macht, ist schon schön. Wirklich. Es hat mich ja dazu gebracht, noch mal nach Venedig zu fliegen. Aber fernab von dem, was jeder tut, haben Geheimtipps von Einheimischen mir erst gezeigt, wie atemberaubend die Stadt ist." Er sah zu mir. „Wie lange bleibst du?"

„Eine Woche war geplant."

„War?"

„Na ja, Pläne ändern sich. Vorhin noch in einer Beziehung, jetzt Single. Und wie gesagt, wenn du nicht wärst ..."

Er nickte. „Mal sehen, vielleicht verschiebt es sich nach hinten.“

„Du bist sehr überzeugt von der Stadt.“

„Muss man, wenn man dorthin ziehen will.“

„Also fliegst du hin und nicht wieder zurück?“

„Eine Zeit lang. Beruflich muss ich ab und zu wieder nach Deutschland, aber ansonsten werde ich hier Wurzeln schlagen.“

Für mich war es unverständlich. Arbeit und Freunde ließen doch einen immer wieder nach Hause kommen. „Ich glaube nicht, dass mich diese Stadt so überzeugen kann.“

„Muss es nicht. Aber es lenkt dich ab.“

Da musste ich ihm wiederum zustimmen.

Das Flugzeug landete. Wir holten unsere Koffer und stiegen in ein Taxi ein. Das gebuchte Hotel stornierte ich, da er darauf bestand, dass ich in seinem Gästezimmer schlafen sollte.

Die Tage waren anstrengend, aber auch schön. Er hat mir die Stadt gezeigt und ich lernte ein paar seiner Bekannten kennen. Wir verstanden uns gut und schlussendlich bildete sich eine Freundschaft. An dem Tag, als ich nach Hause fliegen musste, wollte ich nicht zurück. Am liebsten wollte ich noch ein paar Tage bei ihm verbringen. Er lenkte mich ab, wir verstanden uns sehr gut und ich konnte zur Ruhe kommen.

Und heute bin ich sehr froh, dass unsere Freundschaft auch Hunderte Kilometer und Monate danach noch so gut ist wie zu dem Zeitpunkt, als ich heimgeflogen bin.

„Wie geht es dir?“, will er wissen, als wir zu einem Taxi laufen.

„Gut, wirklich. Du musst dir keine Sorgen machen.“

„Hat Alex sich wieder gemeldet?“

„Seit gestern nein.“ Ich schmunzele. „Das mit ihm ist gegessen.“

„Ich habe ehrlich gedacht, du kommst mit ihm hier an.“

„Und deine Hochzeit versauen, weil er und ich streiten? NIEMALS!“

Er nickt und hält mir die Tür auf. Den Koffer packt er in den Kofferraum und setzt sich zu mir.

„Ich dachte nur, er lullt dich wieder ein.“

„Ich musste es einfach noch mal versuchen. Und, na ja, es ist zum Scheitern verurteilt gewesen. Falle ich deswegen in ein tiefes Loch? Nein. Und warum? Weil ich wegen dir und Venedig ein Stück selbstbewusster und abgehärteter bin.“

Er zieht mich lachend zu sich und wuschelt durch mein Haar. „Ich freue mich, dass es dir so gut geht.“

„Mich auch.“ Ich richte meine Haare. „Und darauf, Isabella wieder zu sehen.“

Seine Wangen werden rot, wie schon damals, als ich ihn darauf ansprach, dass er sie oft ansieht. Und ja, irgendwie ist mir klar gewesen, dass die beiden ein Paar werden. Doch dass sie so schnell heiraten, habe ich nicht vorhergesehen. Aber ich freue mich für ihn.

Auf seinem Boot geht es weiter. Vom Anlegeplatz ist es nicht weit bis zu seiner Wohnung. Dort herrscht schon großer Trubel. Isabellas Familie ist wie ein gewaltiger Hurrikan. Sie wuseln alle wild umher, brüllen herum und mittendrin steht sie. Ihr Blick und ihre Körperhaltung schreien: „Hilfe!“

„Isabella“, rufe ich aus.

„Laura“, sagt sie und kommt zu mir. „Hilf mir, bring mich hier raus.“ Ich lache auf.

„Isabella“, brummt ihre Mutter.

„Concetta, Isabella und ich müssen noch was einkaufen“, sage ich. Schnell reiche ich Max meinen Koffer und ziehe sie von ihrer Familie weg.

„Danke“, flüstert sie und wir beschleunigen, bis wir dann lachend über den Hof rennen.

„Und aufgeregt?“, will ich von ihr wissen, als wir uns in ein Café setzen.

„Nein, ich freue mich so sehr darauf.“

„Kann ich euch etwas bringen?“, fragt ihr Cousin Diego.

„Zwei Cappuccinos“, bestellt sie, „Nein, mach drei daraus und setz dich doch zu uns.“

„Ich muss arbeiten“, sagt er lächelnd.

Schmunzelnd verdrehe ich die Augen. Irgendwie war mir schon klar, dass so etwas kommt. Schon damals hat sie versucht, uns zu verkuppeln. Ich blicke ihm nach. Süß ist er ja. Überstürzen werde ich es trotzdem nicht.

Luna Day lebt mit Familie in Augsburg.

Un nuovo amore

Ich sitz in meiner Gondel
und träum so vor mich hin.
Bin irgendwie nicht froh,
dass ich hier gelandet bin.

Alle sind zu zweit,
doch ich bin allen.
Und ich frage mich:
Wie kann das bloß sein?

Diese schöne Reise
hatten wir gebucht.
Doch dann kam der Abflug,
ich hab dich gesucht!

Du warst plötzlich weg,
ein Zettel lag im Flur:
Ich komm nicht zurück!
Ach, was mach ich nur?

Jetzt sitz ich hier alleine,
hier in diesem Boot
und heul Rotz und Wasser,
habe große Not!

Eine nette Stimme
spricht mich plötzlich an.
Vor mir steht ein schöner
schwarz gelockter Mann.

Er reicht mir seine Hand,
lädt mich zum Essen ein.
In der Stadt der Liebe
bin ich nicht mehr allein!

Dörte Müller, *geboren 1967, schreibt und illustriert Bücher für Kinder. 1989 reiste sie mit einer Freundin durch Italien und fing sich am Lago Trasimeno in der Nähe von Rom in einer Nacht 30 Mückenstiche ein.*

Liebesmission in Venedig

Es war ein gewöhnlicher Morgen im Himmel. Kurz nach halb acht.

„Salvia! Aufwachen. Du kommst zu spät zur Schule!", rief Mutter Tina.

„Schule?", murmelte Salvia. „Wir haben doch Samstag."

Mutter Tina zog verärgert die Bettdecke weg. „In fünf Minuten bist du umgezogen und auf dem Weg zur Schule." Salvia blickte auf den Wecker. Plötzlich wurde sie hellwach. Sie würde zu spät kommen.

Als Miss Crane schwungvoll in das Klassenzimmer flog, fiel ihr erster Blick auf Salvias Platz. Miss Crane seufzte. Sie wusste nicht mehr, was sie mit Salvia machen sollte. Sie gab ihrer Klasse eine Aufgabe und flog in Richtung Hauptverwaltungsbüro. Vielleicht hatte Engelchefin Martina eine Lösung?

Die saß gerade über einer Akte eines Falles auf der Erde, der ihr Kopfzerbrechen bescherte, als es an der Tür klopfte. „Herein!", rief sie. „Ach, Renate? Lange nicht gesehen. Möchtest du einen Kaffee?"

Renate Crane nahm die Einladung dankend an. Im nächsten Moment berichtete sie Martina von ihrer Problemschülerin.

Auf Martinas Gesicht zeichneten sich kleine Denkerfalten ab. Ihr Blick fiel auf die Akte. Plötzlich hatte sie eine Idee. „Weißt du, Renate, ich habe das Gefühl, Salvia weiß nicht, was später auf sie als Schutzengel zukommen wird. Geben wir ihr einfach eine Kostprobe."

„Wenn du meinst. Du bist die Chefin."

„Salvia bekommt einen Monat Auszeit. Der Unterrichtsstoff wird ihr mitgegeben und muss von ihr selbstständig aufgearbeitet werden. Wir werden ja sehen, ob sie die kleine praktische Erfahrung wachrüttelt."

Gesagt, getan!

Salvia war nervös, als sie zur höchsten Engelschefin geschickt wurde. Salvia war eine Überfliegerin. Und genau das war das Problem. Sie langweilte sich oft im Unterricht und störte. Wie verdreht das nun war, einen eigenen Schutzfall zu kriegen. Verblüfft starrte sie Martina an.

„Wo finde ich diesen hoffnungslosen Fall von Mann, der keine Partnerin findet?“

„In Venedig. Du wirst eine ältere, menschliche Gestalt annehmen, dich nur zu erkennen geben, wenn es nicht anders geht, und für ihn als persönliche Beraterin arbeiten. Ach ja, du wirst auch für einen Monat auf der Erde wohnen. Ich habe dir schon ein Zimmer besorgt. Deine Eltern wissen Bescheid. Deine Mutter packt gerade deine Sachen zusammen und schickt dir den Koffer hinterher. Viel Erfolg bei deinem Fall.“ Martina schnippste mit den Fingern und Salvia war verschwunden.

In der Gestalt einer erwachsenen Frau von 25 Jahren meldete sich Salvia bei ihrer neuen Arbeitsstelle. Sie trug eine weiße Bluse mit Carmen-Ausschnitt, einen schwarzen Rock und schwarze Stöckelschuhe. Nach Verlassen des Fahrstuhls rutschte Salvia auf ihren Stöckelschuhen aus und fiel mitten in die Arme eines jungen Mannes, der ihr über den Weg lief. Sie lächelte verlegen, zog sich aber, ohne sich zu bedanken, weiter in Richtung Chefbüro und wurde von der Sekretärin aufgefordert, erst einmal zu warten.

„He! Ich bin vor Ihnen dran!“, beschwerte sich Salvia, als derselbe Mann, über den sie gerade erst gestolpert war, das Chefbüro betrat.

„Ich drängle mich nicht vor. Ich bin ihr neuer Arbeitgeber.“

Salvia lief blass an. Auch das noch!

„Sie kommen nicht aus der Gegend, oder?“, fragte der Mann, der sich als Bernd Richter vorstellte.

„Woran haben Sie das bemerkt?“

„Ihre Art, sich zu kleiden ist schon etwas eigen. Carmen-Ausschnitte passen eigentlich nicht ins Büro.“

„Sind Sie immer so direkt?“, erkundigte sich Salvia.

Herr Richter starrte sie sprachlos an. So viel Frechheit war ihm noch nicht untergekommen. Was hatte sich das Personalbüro für einen schlechten Scherz mit dieser neuen Angestellten erlaubt? Herr Richter suchte für Salvia ein Büro aus, das weit weg von seinem war. Auch übertrug er ihr erst einmal Aufgaben, die nichts mit ihrer eigentlichen Berateraufgabe zu tun hatten.

Salvia kam ins Zweifeln. Wie sollte sie so ihre Mission erfüllen? Vielleicht war auch gerade die unangenehme Art ihres Arbeitgebers gegenüber Frauen das Problem, warum er keine fand. Wenn sie auch nicht für ihn direkt tätig war, so hatte Salvia viele Gelegenheiten, ihren Schutzfall zu beobachten. Irgendwann fand sie heraus, dass er ein heimliches Interesse an seiner Sekretärin Siglinde hatte. Er versuchte, ihr Komplimente zu machen, die aber nach hinten losgingen. Einer Frau direkt zu sagen, dass sie scharf aussieht, empfand Salvia als unpassend.

Als sich Herr Richter einen Kaffee holte, nutzte Salvia die Gelegenheit, um mit ihm zu reden. „Ich könnte mich irren, doch ich habe den Eindruck, dass Sie bis über beide Ohren in die Sekretärin verliebt sind."

„Was geht Sie das an?"

„Ich wurde als Ihre persönliche Beraterin eingestellt. Und wie mir scheint, könnten Sie etwas Nachhilfe gebrauchen, was Frauen angeht."

Stille.

Ein gequältes Seufzen folgte von Herrn Richter. Fast hatte Salvia Mitleid. „Haben Sie irgendwelche Ratschläge?"

„Sie brauchen Training. Wir fangen gleich heute Mittag an. Wir gehen essen. Da können Sie mir zeigen, wie Sie ihre Herzensdame einladen würden. Keine Sorge. Ich habe kein Interesse an Ihnen. Betrachten Sie mich als Übungsobjekt. Sie haben zumindest einen Pluspunkt. Ihre Sekretärin scheint sie ebenfalls gar nicht mal so übel zu finden. Sie hätte tausend Wege finden können, Ihnen harte Körbe zu verpassen. Doch das hat sie nicht. Insofern besteht Hoffnung."

Bei dieser Erwähnung glänzten Bernd Richters Augen. Sein Umgang mit Salvia änderte sich ebenfalls, nachdem er bemerkte, dass sie Beraterqualitäten besaß, von denen vorher nicht viel zu sehen gewesen war. Was Bernd Richter nicht wusste: Magie war im Spiel. Hinzu kam, dass sich Salvia seit ihren ersten peinlichen Auftritten selber darum sorgte, weiterzukommen. Sie hatte sich Ratgeberbücher bestellt und das Wissen mittels Magie geradezu in kürzester Zeit aufgesogen. Irgendwann bemerkte sie sogar, warum es wichtig war, in der Engelsschule aufzupassen. All das Wissen, was sie dort lernte, würde ihr später helfen, eine gute Schutzengelin zu werden. Nachdem Salvia das verstanden hatte, konnte sie ihrem Schützling besser helfen. Eine Trainingseinheit reichte wohl nicht aus. Die Anmachsprüche waren zu grausig.

„Hey Baby. Du machst mich geradezu an", war der allererste Spruch, der beim gemeinsamen Essen aus Bernd Richters Munde kam.

Salvia prustete. Dabei verschüttet sie versehentlich den Sekt, als sie zum Trinken ansetzen wollte.

„Ist das ihr Ernst?", entgegnete Salvia amüsiert. „Sie wird Sie ignorieren. Fällt Ihnen kein besserer Spruch ein? Der war leider wirklich mehr als plump."

„Ich weiß nicht, wie man mit Frauen redet", erklärte Bernd Richter verlegen.

Plötzlich verstand Salvia sein Problem. Ihm fehlte wirklich die Erfahrung mit Frauen. Vielleicht hätte besser er die Ratgeber gelesen? Eigentlich war das doch die Lösung! Am nächsten Tag legte Salvia den Bücherstapel auf Bernd Richters Schreibtisch.

Sein abgeneigter Gesichtsausdruck sprach Bände. „Was wird das?"

„Da sind wirklich gute Tipps drin", lächelte Salvia. „Ich habe sie selber gelesen." Den Ratgebern folgten ein paar Liebesromane.

Bernd Richters Abneigung war immer deutlicher zu sehen. „Ich bin kein großer Leser."

„Vielleicht ist genau das Ihr Problem. Wie wollen Sie sich weiterentwickeln, wenn Sie immer dieselbe Schiene fahren? Venedig ist doch die Stadt der Liebe. Sie werden geradezu auftrumpfen, wenn Sie Ihre Herzensdame einladen und sich stilvoll verhalten. Wenn erst einmal das Eis gebrochen ist, werden Sie bald feststellen, ob Ihre Herzdame Sie nimmt, wie Sie sind. Doch dafür brauchen Sie erst einmal ein Treffen. Und da wäre es sinnvoll, sich etwas vorsichtiger ranzutasten. Nicht direkt drauf losstürmen. Das klappt vielleicht bei anderen Damen. Aber nicht bei Ihrer."

„Meinetwegen. Es kann ja nicht schaden, die Ratgeber zu lesen. Ich probiere es. Im schlimmsten Fall kann ich immer noch aufgeben."

„Und das wäre in dem Fall Ihrer Sekretärin schade. Sie sollten dran bleiben."

Salvia ließ ihren Schützling erst einmal mit weiteren Ratschlägen in Ruhe. Später fiel ihr auf, dass sie manchmal selbst nicht anders war als er. Sie war ihrer Lehrerin manchmal auch besserwisserisch gekommen oder hielt es nicht für nötig, weiter in Schulbücher zu lesen. Es tat ihr mit einem Mal leid, wie sie sich verhalten hatte. Nach ihrer Arbeit fing Salvia nun selbst an, ihre Schulbücher durchzulesen. Und genau darin standen noch jede Menge Tipps über die menschliche Welt. Hätte sie diese mal vorher gekannt!

Ihrem Schützling erging es nicht anders. Er quälte sich Seite um Seite durch die Bücher. Irgendwann prägte er sich einige Vorschläge ein und probierte davon den allerersten bei einer Mittagspause aus. Die Mitarbeiter des Konzerns aßen meistens in der Kantine. Statt wie sonst außerhalb zu essen, suchte Bernd Richter die Kantine auf. Sein Plan ging auf. Siglinde stand als Letztes in der Warteschlange. Genug Zeit, um mit ihr zu reden.

Verwundert blickte sie ihren Chef an, als sich dieser hinter sie stellte. „Sie in der einfachen Kantine? Das ist ja etwas ganz Neues.“

„Ich wusste, dass Sie hier essen gehen. Da dachte ich, ich versuche es auch einmal. Wir haben auf der Arbeit eigentlich kaum Zeit, etwas privat zu reden. Ich würde Sie einfach gerne etwas besser kennenlernen. Ich wusste nur nicht so recht, wie ich Sie anspreche und habe mich dabei etwas hilflos angestellt.“

„Das stimmt“, lächelte Siglinde.

Das Eis schien gebrochen zu sein. Salvia beobachtete die Unterhaltung über eine magische Kugel. Bernd Richter saß mit Siglinde an einem Tisch. Später suchte er Salvia in ihrem Büro auf. Begeistert erzählte er ihr von der Unterhaltung. Salvia grinste. Sie wusste zwar schon alles, doch sie durfte sich nichts anmerken lassen. Irgendwie freute sie sich auch ein wenig für ihren Schützling. Es war schön, zu sehen, welch positiven Einfluss Siglinde auf ihn hatte. Er strahlte geradezu. Seine Augen erzählten in einer Wärme, die Salvia sonst nicht von ihm kannte. Sie versprach sich Hoffnung für ihren Fall.

Als Nächstes besorgte sie einen Restaurantführer, der einige romantische Restaurants beschrieb. Sie fand ein passendes und dazu die passende Gondeltour, die man sogar mit einem persönlichen Liebesevent buchen konnte. Sie erkundigte sich bei dem Veranstalter und buchte eine Gondelfahrt mit einem Gitarristen für zwei Personen. Zwei Tage später legte sie einen Brief auf den Platz der Sekretärin und einen auf den Tisch ihres Arbeitgebers. Magisch verfasste sie Worte, die so rüberkamen, als wenn jeweils der andere die Einladung ausgesprochen hatte.

An einem Freitagabend um sieben standen Siglinde und Bernd vor dem Restaurant Bali. Beim Betreten des Restaurants wurden Siglindes Augen groß. Sie wurde zu einem Tisch mit romantischer Kerzenschein-Atmosphäre geführt. Bernd nahm ihr, ganz Gentleman, die Jacke ab, hängte diese auf, schob den Stuhl nach hinten, damit sich Siglinde setzen konnte, und lächelte sie mit verträumten Blicken an. Der Gewölbekeller des Restaurants schaffte eine kuschelig-gemütliche Atmosphäre, sodass sich Bernd kaum anstrengen musste. Seine Sprüche schienen alle anzukommen.

Siglinde strahlte ihn geradezu an. Die Cocktails, die beide bestellten, erledigten den Rest. Auf dem Weg zur Gondelfahrt hackte sich Siglinde spontan in Bernds Arm ein. Er genoss jeden Moment mit ihr, während sie in einer venezianischen Gondel an den faszinierenden Baufassaden von Venedig vorbeifuhren. Das gefühlvolle Gitarrenspiel des Gitarristen, der mit an Bord war, unterstrich die romantische Atmosphäre. Bernd und Siglinde verloren sich in innigen Küssen. Nun gab es nur noch sie. Alles andere war unwichtig geworden.

Zufrieden knippste Salvia ihre Beobachtungskugel aus. Sie hatte genug verfolgt. Auftrag erledigt. Sie kehrte in den Himmel zurück, suchte ihre Chefin Martina auf und erzählte ihr alles. Auch, dass sie selbst viel bei der Mission gelernt hatte.

Martina hörte aufmerksam zu. „Ich glaube, du wirst einmal eine gute Schutzengelin, Salvia", lächelte Martina. „Ich freue mich auf den Tag, an dem du deine Schullaufbahn beendet hast. Ich kann mir gut vorstellen, dass du als Liebesengel hervorragend passen würdest."

Salvia bedankte sich für das Angebot. Von nun an war sie in der Schule wie ausgewechselt. Sie störte nicht mehr, kam nicht mehr zu spät und machte wieder mit.

Bernd Richter und Siglinde heirateten ein Jahr später und gründeten eine Familie.

Vanessa Boecking: Autorin verschiedener Genres, erste Auszeichnungen für vereinzelte Werke erhalten. Eigene Bücher „Damian, der Zauberer", „Osiris, die Supermumie".

Blick auf den Canal Grande

Die tief fliegenden Tauben zwangen sie, den Kopf sekundenschnell zur Seite zu legen. In die Kamera grinsende Menschen blockierten ihr den Weg. Begleitet von babylonischem Stimmengewirr kämpfte sie sich vorwärts.

Die Piazza San Marco an einem wunderschönen Nachmittag im Mai zu passieren, glich einem Hindernisparcours. Venedig platzte aus seinen Nähten. Vor der Basilika warteten Touristen aus aller Welt geduldig auf Einlass.

Ihre Augen schwenkten nach rechts bis zum Ende der Schlange vor dem Campanile. Dabei entfuhr ihr ein entsetztes: „Madonna!"

Ein etwa gleichaltriger Mann drehte sich grinsend zu ihr um. „In circa einer Stunde sind Sie dem Himmel näher."

„Eine Stunde?" Sie schnitt eine Grimasse, als sie auf ihre Armbanduhr blickte.

Die Warteschlange bewegte sich zwei Meter vorwärts.

„Fabrizio." Er reichte ihr lächelnd die Hand.

Ihr gefiel der Klang seiner Stimme und wie er das R rollte. „Lisa." Die Aussicht, sich mit diesem attraktiven Mann die lästige Wartezeit zu vertreiben, stimmte sie fröhlich.

Das Wetter, die wie Heuschrecken in Venedig einfallenden Touristen und aktuelle Ausstellungen waren als Gesprächsthemen rasch abgehakt. Dem Campanile hatten sie sich aber nur in Mäuseschritten genähert. Inzwischen waren sie zum Du übergegangen.

Plötzlich hatte Fabrizio eine Idee. „Komm mit! Vertraue mir!" Er scherte aus der Schlange aus und kämpfte sich, sich nach Lisa immer wieder umdrehend, im Zickzack-Kurs Richtung Hafenbecken durch.

Lisa folgte ihm, ohne zu zögern. Sie wollte diesen prachtvollen Tag nicht mit Warten vergeuden. Ihr Bauchgefühl sagte ihr, dass sie ihm vertrauen konnte. Was solle ihr in Venedig am helllichten Tag schon zustoßen?

„Besser?" Fabrizio musterte sie von der Seite.

Sie nickte und inhalierte genüsslich die Meeresluft. Er lotste sie im

Schatten der Pinien vorbei an den Kiosken mit Kitsch aus Fernost zum Bootsanleger San Marco – San Zaccaria.

Fünf Minuten später verließ Lisa das Boot Nummer 2. Sie schloss für einen kurzen Moment die Augen. Es waren nur Bootsgeräusche, das fröhliche Kreischen der Möwen und das Plätschern des Wassers zu hören. San Marco war zum Greifen nahe, die Touristenmassen mit ihren Zurufen und dem Klicken der Fotoapparate von San Giorgio doch so fern. Am Wasser tanzten Sonnenstrahlen. Auch Lisa war zum Tanzen zumute. Es gefiel ihr, wie Fabrizio sie mit seinen wunderschönen braunen Augen ansah.

„Was für eine Aussicht!" Lisa machte mit ihrer Kamera Aufnahmen von dem atemberaubenden Panorama und übermütig ein Selfie von sich neben Fabrizio. Als sie das Foto überprüfte, beschlich sie ein eigenartiges Gefühl. Zehn Jahre lang hatte es nur Fotos von Max und ihr gegeben. Aber das war eine andere Geschichte.

Zwanzig Minuten später blies ihnen auf der Aussichtsplattform des Campanile von San Giorgio der Wind um die Ohren. Lisa strich sich eine Haarsträhne nach der anderen aus dem Gesicht und tippte unaufhörlich auf den Auslöser.

„Schön", sagte Fabrizio immer wieder.

Lisa stimmte ihm zu. Nach dem gefühlten zehnten *Schön* wusste sie nicht, ob er die Aussicht oder sie damit meinte.

Sie blickten über die Dächer von San Marco hinweg Richtung Norden, weiter zu den Giardini Publici, zur Guidecca und den kleineren Inseln bis zum Lido. Dann betrachteten sie den Klostergarten zu ihren Füßen, ehe sie mit dem Lift wieder nach unten fuhren.

„Das war großartig, danke." Lisa strahlte mit der Sonne um die Wette und zappelte herum, um sich aufzuwärmen. Der Wind hatte sie am Turm ausgekühlt.

„Was machen wir mit dem Zeitgewinn?" Fabrizio betrachtete sie forschend. „Kaffee?"

Lisa saß mit dem Rücken zum Glashaus. Sie dachte, Venedig gut zu kennen, aber dieses grüne Paradies war ihr bislang entgangen. Sie schob sich einen Bissen Kuchen in den Mund und spülte mit einem Schluck Espresso nach. Dann legte sie ihre Stirn in Falten. „Du bist kein Venezianer, aber du kennst dich hier bestens aus. Verrate mir dein Geheimnis."

Er antwortete verschmitzt lächelnd: „Ich bin aus Padua, habe hier aber oft geschäftlich zu tun. Ich erkunde jeden Winkel der Stadt, um so hübsche Österreicherinnen wie dich um den Finger zu wickeln."

Nach dem nächsten Schluck Kaffee fiel Lisas Blick auf einen hellen Streifen inmitten seines braun gebrannten Ringfingers. Ihr Magen verkrampfte sich. „Und dafür nimmst du deinen Ehering ab?" Ihre Stimme klang frostig.

Plötzlich schien sich zwischen ihnen eine unsichtbare Mauer aufzubauen. Daran änderte auch das Wort Scheidung nichts. Ihr Gespräch begann, lau dahinzuplätschern.

„Ich muss." Fabrizio unterbrach sich mit einem Blick auf seine Uhr.

„Ich muss auch." Lisa griff nach ihrer Tasche. Die Visitenkarte, die er neben ihre Tasse legte, schob sie entschlossen zurück.

Er müsse in sein Hotel, um sich für einen abendlichen Empfang umzuziehen. „Bist du morgen noch in Venedig?"

Lisa nickte.

„Darf ich dich wiedersehen?" Er deutete auf sein Handy.

„Ja, du darfst, aber ohne Nummern auszutauschen oder einen Treffpunkt zu vereinbaren."

Er sah sie an, als solle er einen Code für den Geheimdienst knacken.

„Wir werden uns wiedersehen, wenn es sein soll", sagte sie mit unsicherer Stimme.

„Du willst Schicksal spielen? Ausgerechnet in einer Stadt mit einhunderttausend Tagestouristen?" Er sah drein, als hätte sie ihn gerade geohrfeigt.

„Wenn ich an Venedig denke, wird unsere Begegnung immer hervorstechen. Alles andere ist mir zu kompliziert."

Lisa trat schnellen Schrittes auf die Via Garibaldi. Erst an der Riva reduzierte sie ihr Tempo. Sie schaute abwechselnd auf das Selfie mit Fabrizio und hinüber zu San Giorgio. Ihre Wunden waren noch nicht verheilt. Besser, sie zog vorzeitig die Reißleine und beließ es bei einem flüchtigen Flirt mit einem Unbekannten.

Je mehr sie sich San Marco näherte, umso zuversichtlicher wurde sie, den Ballast ihres bisherigen Lebens hinter sich zu lassen. Beim Campanile angelangt, brach ihre Hoffnung wie ein Kartenhaus in sich zusammen.

Lisa zwang sich, sich auf die Kunstschätze zu konzentrieren. Schließlich war sie im größten Freilichtmuseum der Welt unterwegs. Auf der

Piazza drehte sie sich schwungvoll um. Die Farben der Mosaiksteine leuchteten warm im Schein der untergehenden Sonne. Sie liebte die Abendstunden, wenn die Venezianer und die Liebhaber der Stadt wieder unter sich waren.

Das Orchester des Caffè Florian setzte zum Donauwalzer an. Mit den ersten Klängen reisten ihre Gedanken unweigerlich nach Hause: wie sie ihren Verlobten mit ihrer besten Freundin ertappt hatte, wie sie die Hochzeit und ihre Reise auf die Malediven im allerletzten Moment absagen hatte müssen. Eigentlich sollte sie gerade mit Max in den Flitterwochen sein. Stattdessen war sie allein in Venedig und war zu feige für einen heißen Urlaubsflirt. Die Musik verstummte. Ihr Leben war ohne Fabrizio schon kompliziert genug.

Am nächsten Tag lachte die Sonne wieder vom Himmel und Lisa lachte mit ihr. Sie fühlte sich wie ausgewechselt und voller Tatendrang. Sie verließ das Hotel im Laufschritt mit einem nach links gerichteten Kopf, dass sie beinahe in einen von rechts kommendem Herrn hineingelaufen wäre. „Scusi, Signore!" Als sie in seine braunen Augen blickte, dachte sie einen Wimpernschlag lang, er sei Fabrizio. Mehr zum Denken kam sie nicht, denn sie lief zum Bootsanleger weiter, um das Vaporetto zu erreichen.

Sie genoss den Tag in vollen Zügen. Sie ließ sich durch die engen Gassen treiben, besichtigte eine Kirche hier und eine Ausstellung dort, kehrte zwischendurch auf einen Kaffee in eine Bar ein und aß an einem ruhigen Kanal zu Mittag. Es war ein perfekter Urlaubstag – bis ihr Telefon klingelte.

Es war Max, um sich mit ihr über die Aufteilung des Hausrats der gemeinsamen Wohnung abzusprechen. Wie der Wind, der vor einem Gewitter an Kraft zunahm, wurde Lisas Stimme impulsiver und immer lauter. Sie spürte den aufsteigenden Zorn, den Schmerz und die Wut, weil er ihre gemeinsamen Träume verraten und ihr Leben zerstört hatte. Dem nicht genug, er hatte ihr auch diesen schönen Tag in Venedig verleidet. Ihre gute Laune war mit den Möwen fortgeflogen.

Lisa überquerte wild gestikulierend den Campo Santo Stefano. Sie war so in ihr Streitgespräch vertieft, dass sie nicht bemerkte, dass jemand ihren Namen rief. Die erste Stufe der Accademia Brücke nehmend, brüllte sie: „Nimm doch dieses verdammte Bild mit. Ich will nicht an diesen Urlaub erinnert werden!"

Lisa stand schon eine Weile auf der Accademia und blickte vom Scheitel der Brücke auf den Canal Grande. Ihr Puls beruhigte sich allmählich, während unter ihr die Boote sich aneinander vorbeidrängten. Venedig hatte sie schon immer zu beruhigen vermocht. Und sie liebte diesen Blick zur Chiesa della Salute.

Plötzlich spürte sie eine Hand auf ihrer linken Schulter. Sie drehte sich erschrocken um und glaubte, eine Fata Morgana zu sehen. Fabrizio beugte sich vornüber und rang nach Atem.

Er presste hervor, dass er sie am Campo gesehen und sie gerufen hätte, dass er zum Zahlen auf den Kellner hätte warten müssen. Dann sei er in der Hoffnung, dass sie nicht vor der Brücke abgebogen sei, über die Accademia gelaufen bis zur Zattere und wieder retour.

Lisa stand nur da und schaute ihn ungläubig an.

Seine Stimme klang wieder ruhiger mit ihrem charakteristischen Timbre. „Willst du einen Marathonläufer aus mir machen?"

Sie lächelte wie jemand, dessen größter Wunsch sich wie durch Zauberhand erfüllte.

„Macht es dir Spaß, in Venedig Schicksal zu spielen?", fragte er mit betont strenger Stimme. Dann standen sie eine Weile schweigsam nebeneinander auf der Brücke. Fabrizio legte seinen Arm um ihre Taille. „Beginnen wir von Neuem?"

Ein prächtiger Sonnenuntergang malte für ihren ersten gemeinsamen

Abend die perfekte Kulisse auf die Himmelsleinwand. Sie prosteten sich mit Aperol Spritz zu. Die Mauer des Vortages hatten sie beseitigt. Ihre Stimmen klangen fröhlich und aufgeregt. Zwischendurch warfen sie sich zärtliche Blicke zu. Und manchmal berührten sich ihre Hände wie zufällig.

Nach einem langen Spaziergang durch die ruhige Stadt erschrak Lisa beim Blick auf die Uhr.

„Sehen wir uns morgen?"

Sie machte zwei Schritte vom Blumenladen Richtung Accademia Brücke. „Wo?"

„Um 18 Uhr beim Goldoni-Denkmal?"

Lisa winkte fröhlich und eilte wie der Wirbelwind davon. Das unter der Brücke durchfahrende Linienboot verschluckte Fabrizios Worte: „Gib mir deine Nummer!"

Am nächsten Morgen erwachte Lisa mit Bauchkribbeln. Um sich abzulenken, machte sie einen Trip zu den Inseln: zum Bummeln nach Murano und danach zum Lido. Nach einem Picknick am Strand spazierte sie lange barfuß im Sand und ließ das Wasser mit ihren Zehen spielen. Erschöpft von der frischen Meeresluft kehrte sie gegen 16 Uhr ins Hotel zurück. Es blieb ihr noch genügend Zeit für ein erquickendes Nickerchen.

Sie erwachte wie vom Donner gerührt. Auch das Reiben der Augen veränderte die Zeitanzeige nicht. „Verdammt!" Es war 19 Uhr!

Ihr Herz begann zu rasen, wie in Kindheitstagen, wenn sie etwas ausgefressen hatte. Im Bad sausten ihre Gedanken wie Rennwagen am Formel-1-Ring: Machte es Sinn, zum Treffpunkt zu eilen, wo sie frühestens in dreißig Minuten sein könne? Welcher Narr würde so lange auf eine neue Flamme warten? Würde er wie der Täter zum Tatort, nämlich zum Campanile oder zur Accademia zurückkehren? Nahm er das Boot? Welchen Fußweg wählte er? Es gab zu viele Unbekannte, um die Gleichung zu lösen.

Lisa stürmte aus ihrem Zimmer und schalt sich in Gedanken eine Idiotin, alles vermasselt zu haben. Fabrizio hatte sie sicher satt.

Fünf Minuten später war sie bei der Accademia. Ihr Herz schlug panisch. Sie war den Tränen nahe. Wie ein verwundetes Tier schleppte sie sich die Stufen nach oben. Am Scheitel der Brücke stockte ihr der Atem.

Fabrizio stand an jener Stelle wie tags zuvor. Lisa schmiegte sich von hinten an ihn. Die Worte begannen, aus ihr hervorzusprudeln wie aus einem Wasserfall.

Er drehte sich um und legte seinen Finger auf ihre Lippen. Dann deutete er stumm auf sein Mobiltelefon. Während er endlich ihre Nummer speicherte, murmelte er: „Verstecken spielen ist mir zwischen Padua und Wien eindeutig zu kompliziert." Dann nahm er sie in die Arme und küsste sie.

__Barbara Schwarzl__ arbeitet seit Beendigung ihres Pharmaziestudiums in verschiedensten Apotheken Österreichs. Sie reist für ihr Leben gerne und schreibt mit Begeisterung Reiseliteratur und Kurzgeschichten. Ihr Herz schlägt für Italien und ganz besonders für Venedig. Sie kennt die Serenissima wie ihre Westentasche. Ihr Roman „Alles anders. Auf Umwegen angekommen" war ihre erste öffentliche Liebeserklärung an Venedig als Autorin. Die Kurzgeschichte „Blick auf den Canal Grande" ist eine weitere. Außerdem setzt sich die schreibende Apothekerin mit einem Teil ihrer Werke gegen die Stigmatisierung psychisch Kranker ein. Fasziniert von den Untiefen der menschlichen Seele widmet sie sich in ihren psychologischen Romanen unbequemen Themen, die zum Nachdenken anregen. Sie hat ein Faible für Personen mit schwierigen Schicksalen, die aber mit aller Kraft für ein besseres Leben kämpfen und sich niemals unterkriegen lassen.

Unperfekt in Venedig

Ich wäre jetzt gern bei dir, weil wir nicht perfekt sind.

Liebend gern würde ich zu der Brücke laufen, an der ich dich damals fand. Mit Sekt und den zwei zerkratzten Kristallgläsern im Rucksack, die du so magst. Weißt du noch? Ich zog die kleine Tischdecke heraus wie ein Kellner eines Fünfsternerestaurants. Es war genau der Moment …, in dem du deine Sonnenbrille abnahmst und mir deinen seidenen Wimpernschlag schenktest. Mein Herz klopfte, zwischen der 13. Rippe zog sich alles flatterhaft zusammen. Deine Nervosität malte dir kleine Monde auf die Wangen, welche sich zu den Grübchen gesellten. Du warst so schüchtern, als du immer wieder auf die Szenerie starrtest, und gleichzeitig so natürlich weiblich, so rein, wie ich selten eine Frau erlebt habe. Du im königsblauen Seidenoberteil, umweht von deinen sinnlich-roten Haaren, mit diesen blauen Augen, für die ich gegen jeden bösartigen Drachen kämpfen würde.
Als wir miteinander sprachen, uns auf dieser Ebene nahekamen, fand ich, dass das Nomen zu dir passen würde. Brückenmädchen. Mein Brückenmädchen. Die schönsten Plätze hättest du dir aussuchen können, aber du musstest ja unbedingt das Zerschlissene und Unscheinbare wählen, dir da deinen Platz suchen. So bist du immer. So vieles an dir erkennt man ab dem zweiten Blick. Hast du meine Nachrichten aufgehoben? Liest du sie manchmal und holst mich in deine Augenblicke? Oder bin ich ein unperfekter, vergangener Moment?
Wenn es draußen regnet, muss ich an dich denken. Wie du bei heftigstem Gewitter durch die Straßen Venedigs tanzen wolltest. Ich vermisse den Regen. Weißt du noch, als ich dir morgens und manchmal am Abend kleine Nachrichten hinterließ und du das dann auch manchmal tatest. Du fandest das total kitschig, ich fand das ebenfalls furchtbar kitschig und wir beschlossen, die Zeilen direkt zu entsorgen.
Eines Abends, du warst länger arbeiten und sicher sah man deine kleine Zornesfalte vor Anstrengung hervortreten, fand ich eine Kiste, fast verwunschen versteckt hinter den zahlreichen Sneakers. Ich fand

jede einzelne Notiz, die ich dir hinterlassen hatte, welche du und ich auch so kitschig und albern fanden und direkt wegwerfen wollten, weil wir ja nicht *so* waren. Nicht romantisch, nicht kitschig, nicht perfekt. Als ich die Nachrichten sah, machte das etwas mit mir und ich legte deine dazu, die ich, wie ich dir versprach, weggeworfen hatte, damals, die aber ich die ganze Zeit im Kofferraum lose flatternd im Werkzeugkasten aufbewahrte, da ich dachte, dort würdest du niemals suchen.

Erinnerst du dich an die Nacht der Zugvögel? Unser Philosophieren auf der Rialtobrücke? Unser Umschwirren? Wir bejahten, dass wir niemals für immer und ewig zusammen sein wollten, denn wir waren ja im Grunde Zugvögel, wir waren nicht so, dass wir heiraten mussten und ein Leben lang beieinander sein wollten. So waren wir nicht. Vermisst du mich auch so, wenn die Zugvögel losfliegen?

Manchmal lege ich den Zeigefinger an die kleine Stelle meiner Halsschlagader, die du unzählige Male in der Gondel geküsst hast. Ich musste danach schwören, dass diese Stelle keine andere küssten dürfte, obwohl wir uns ja nicht liebten, sagtest du, aber diese kleine Stelle, die gehöre dir. Ich fand auch, dass wir uns nicht liebten. Dann wären wir ja perfekt und das waren wir nicht.

Besonders deine kleine Narbe über dem linken Auge war alles andere als perfekt, wo du als Kind mit dem Rad über den Lenker gefallen bist, obwohl du meintest, es wäre ein perfekter Sturz gewesen. Auch bist du eine notorische Rezepteveränderin und furchtbare Nervensäge, aber das weißt du, sonst wärest du ja perfekt. Dein zerschlissener roter BH, den du, stur, einfach nicht wegschmeißen wolltest … Du meintest, darin hättest du mich kennengelernt, unsere erste Nacht erlebt und wenn ich dir nun einen neuen kaufen würde, wäre das ja perfekt – und wir waren ja nicht perfekt. Außerdem fandest du, dass er dich betonte und dir stand.

Er stand dir so gut, dass er mich in meinen Träumen heimsucht, dieser zerschlissene BH. Manchmal sehe ich ihn am Markusplatz zwischen den Tauben, so steht es um mich. Habe ich dir eigentlich je gesagt, wie sehr mich deine Unordentlichkeit nervt? Du bist so was von widerspenstig unperfekt. Wo bist du eigentlich? Wir wollten ja niemals wieder zurück nach Venedig, weil wir uns nicht lieben, weißt du noch …

Was haben wir uns nicht geliebt, wenn du in voller Weiblichkeit daherkamst, so süß warst wie ein zauberhaft-weiblicher Schmetterling. Wir standen im Supermarkt. Du wolltest mich wegschicken, weil es dir peinlich war, Binden und Tampons zu kaufen mit mir zusammen. Erinnerst du dich? Wie ich dich an die Hand nahm, Kondome kaufte, alle aufs Kassenband legte, deine Hand nicht losließ, nicht mal beim Bezahlen. Draußen sagtest du, das wäre jetzt ja fast einfühlsam gewesen, wenn wir verliebt und einfühlsam wären, und ich verschloss deine unperfekten Lippen mit einem Kuss. Zwei Menschen, die sich nicht liebten.

Zu Hause, bei mir, es war ja nicht dein Zuhause, denn du kamst ja nur manchmal vorbei und wir wohnten ja nicht zusammen, denn dann wären wir ja ein Paar gewesen – und wir waren ja kein Paar, bekamst du Schmerzen im Unterleib. Ich ließ dir die Wanne ein, obwohl ich ja wusste, dass ich das nicht sollte, denn dann wäre ja klar gewesen, dass ich weiß, was du brauchst. Wie in einer richtigen Beziehung. Du trugst dann immer mein altes Nike-Shirt, diese furchtbar hässliche, graue Jogginghose und die roten Kuschelsocken, das sah vielleicht aus. Ich konnte es dir ja nicht sagen, denn dann hätten wir ja eine Beziehung gehabt und über alles geredet.

Denkst du manchmal an den Abend, wo du mal wieder heimlich die Kinderschokolade auf der Toilette gegessen hast, obwohl ich die doch auch so liebe, aber hätten wir sie zusammen gegessen, hätten wir ja gewusst, dass wir beide dasselbe lieben.

Spürst du mich noch, an einem dieser Tage, fühlst unsere unglaubliche erste Nacht in Venedig? Diese Nacht, wo wir uns liebten, obwohl wir uns ja einstimmig nicht liebten. Unperfekt war sie, diese Nacht, weil wir beide so nervös waren, verschwitzt auf dem Satinlaken, als du mir dieses Geschenk machtest, dich spüren zu dürfen. Und wenn ich dich lieben würde, wenn ich dich geliebt hätte, würde ich dir sagen, dass es genau diese Nacht gewesen ist, in der ich dir am liebsten gesagt hätte, dass ich dich liebe. Aber wir lieben uns ja nicht und perfekt war das auch alles nicht. Dein Stöhnen, deine Nähe, so warm und sinnlich, dass es mich um den Verstand gebracht hat und ich dir am liebsten einen Heiratsantrag gemacht hätte, wenn wir Menschen wären, die heiraten wollen, aber das sind wir ja nicht. Das Leben ist nicht perfekt, sagtest du immer, deswegen können wir es auch nicht sein, auch wenn es sich manchmal fast so anfühlte – perfekt.

Diese eine Nacht, dich so zu fühlen, das habe ich nie wieder so erleben dürfen, aber das sage ich dir nicht. Niemals, denn das würde ja bedeuten, dass du mir etwas bedeutet, doch wir sind ja nicht perfekt und lieben uns nicht. Und doch ist es diese eine Nacht in Venedig, die mich im Traum einholt und im Tag wie eine nie heilende Wunde durch den Tag trägt. Dies würde bedeuten, dass ich dich vermisse und du mir etwas bedeutest, so sind wir ja nicht.

Manchmal denke ich, dass du und ich in Venedig, verschwitzt mit Canal Grande im Nacken, nicht perfekt waren, weil wir nicht perfekt sind.

Aber du warst in dieser Nacht schöner als je zuvor und für mich vollkommen …

Ramona Wesselow-Krystosek *lebt und schreibt in Zürich. Ihr Debüt ist das Kinderbuch „Alexs Reise nach Saphora“. Aktuell fokussiert sie sich auf Poesie und Kurzgeschichten aller Genres.*

Amore a Venizia

Warum fällt es mir so schwer, eine Traueranzeige zu schreiben? Dabei habe ich als Mitglied der Trauerhilfe schon Hunderte geschrieben. Mein Gehirn funkt: Aber es ist die erste für den eigenen Mann. Ich schreibe: *Plötzlich und unerwartet …*

Plötzlich schon, aber unerwartet? Wieder stocke ich. Warum fällt mir die Formulierung einer Traueranzeige so schwer? Ich bin Professorin für Deutsche Literatur und Kulturwissenschaften. Wie oft habe ich als Trauerbegleiterin solche Anzeigen geschrieben. Aber dies ist nicht irgendeine Traueranzeige, es ist die für meinen Mann.

Der überdimensionale Papierkorb rechts neben dem Arbeitsplatz, quillt über. Unzählige verworfene Entwürfe habe ich unzufrieden zusammengeknüllt. Schneeweißes Büttenpapier füllt ihn bis zum Rand. Ein leichter Windhauch lässt das Papier rascheln, ermahnt mich, endlich mein Werk zu vollenden.

Mein Blick streift das große Fenster der Jugendstil-Villa, die seit Generationen im Besitz meiner Familie ist. Um es zu schließen, stehe ich auf und schaue auf die träge dahinfließende Isar. Ein Paddelboot erinnert mich an die Gondel auf dem Canal Grande in Venedig, wo alles seinen Anfang nahm. Ich sehe den Fluss, das satte Grün des Flussufers, meinen zauberhaften Rosengarten. Eine Rose und Wasser, in das eine Gondel kippte, waren der Anfang einer großen Liebe – damals in Venedig am Canal Grande.

Kurz entschlossen entscheide ich mich für den Spruch:

Alles hat seine Zeit. Das Schöne, das Lachen und der Schmerz.
Das Werden, die Reife und das Gehen.

Erleichtert atme ich auf. „Ja, das trifft es genau."

Die Eltern hatten mir und meinem damaligen Freund eine Reise nach Venedig geschenkt. Er war für sie der ideale Schwiegersohn, von adeliger Herkunft, betucht, ein Akademiker. Sie hofften, dass er sich endlich mit mir auf der romantischen Gondelroute verlobte.

Viele Wochen zuvor buchten sie von München aus eine Gondel und einen Sänger, nicht irgendeinen, das wäre zu profan gewesen, sondern den Star der Mailänder Scala. Wie hieß er? Ich erinnere mich nicht mehr. Eines weiß ich, er war nicht billig. Wie immer war meinen Eltern nichts zu teuer, ihre eigenen Wünsche zu erfüllen.

Am Tag der Abreise – wer nicht kam, war mein Freund. Anscheinend hatte er es sich anders überlegt und mich versetzt. Die Fahrt war bezahlt.

Ich genoss Venedig, die Abendstimmung am Canal Grande. In der Nähe der Rialtobrücke sprang ohne Vorwarnung ein Passagier mit einer roten Rose in der Hand in die Gondel. Aus den Augenwinkeln sah ich, dass er dem Gondoliere etwas in die Tasche steckte.

„Oh sole mio", schallte die Stimme des Sängers mit Gefühl über den Canal Grande. Der neue Gast sah mich mit grünen, geheimnisvoll schimmernden Augen an. In ihnen spiegelte sich das Wasser des Canal Grande. Als ich mich verwirrt von seinem Blick löste, sah ich einen jungen Mann von umwerfendem Aussehen.

„Attentione! Don Juan, Casanova, Weiberheld", funkte mein Gehirn ohne Pause.

Vernunftgesteuert, wie ich war, hätte ich nie geglaubt, dass es so etwas wie Liebe auf den ersten Blick gibt. Es war Romantik pur. Ich saß in einer Gondel neben einem jungen, fantastisch aussehenden Mann, Augen grün wie das Wasser eines geheimnisvollen Sees. Er stand auf, überreichte mir eine rote Rose, die Gondel schwankte. Jäh wurde das romantische Erlebnis unterbrochen. Der Sänger verstummte, seine Augen weiteten sich vor Schrecken, eine Welle erfasste unser kleines Boot, die Gondel kippte um, ich fiel ins Wasser. „Diese Kreuzfahrtschiffe sind gefährlich. Und jetzt ertrinke ich in den grünen Augen meiner Liebe auf den ersten Blick", dachte ich.

Er ließ mich nicht ertrinken, er rettete mich, brachte mich in ein Hospital und war verschwunden. Wer war er? Wo war er? Immer wieder glaubte ich, ihn in der Nähe unseres Anwesens zu sehen. Dann geschah ein Wunder. An der Volkshochschule München hielt ein Mann namens Walter Bayer einen Lichtbilder-Vortrag *Gondelunfälle in Venedig aus kriminologischer Sicht*. Ich dachte an mein Gondelerlebnis, an meinen Retter. Vielleicht???

Ja, er war es, es war der Mann, in den ich mich so spontan verliebt hatte. Aber wie stand es um ihn? Erinnerte er sich an mich? Auf der

Leinwand erschien das Bild einer Gondel. Ich saß dort. Es war nicht zu übersehen, dass ich einen Mann hingerissen anstarrte. Sein Blick schweifte durch den Saal, der überwiegend mit jungen Frauen besetzt war, die alle wie gebannt an seinen Lippen hingen. Ich war sicher, er erkannte mich.

In der Empfangshalle bildete sich eine lange Schlange von Frauen. Sie warteten alle auf ihn. Ich nahm die Werbebroschüre vom Tisch, schrieb darauf: *Meinem Retter – Danke!* Darunter die Telefon-Nummer und stellte mich an das Ende der Reihe. Ich wartete, legte ihm den Prospekt hin, war enttäuscht, dass er mich nicht ansprach.

Schon sieben Tage waren vergangen und keine Nachricht! Dann der erste Anruf, ein Rendezvous in einer Studentenkneipe.

„Bei BAföG ist mehr nicht drin", entschuldigte er sich.

„Aber eine Venedig-Reise", funkte mein Gehirn. Ich schaltete es ab.

So bezahlte immer ich, wenn wir uns trafen. Mir gefiel, dass er so bescheiden war. Dann geschah alles schnell. Er verlor die Wohnung, zog zu mir in die Villa. Blind vor Liebe hielt ich um seine Hand an.

Wir studierten beide. Ich übernahm sämtliche Kosten, richtete ein gemeinsames Konto ein. Meine Eltern bestanden auf einem Ehevertrag. Am Anfang unserer Ehe schallte jugendliches Lachen durch das Haus. Irgendwann konzentrierten wir uns auf die Karrieren und später folgte der Schmerz.

Mein Mann Walter war jetzt Anwalt und Kriminologe. Ich wunderte mich, dass er bei der Hochzeit meinen Namen angenommen hatte. Mir war nicht bewusst, dass unser Familienname wie ein Türöffner wirkte. Höhepunkt seiner steilen Karriere war ein aufsehenerregender Prozess, in dem er einen vermeintlichen Straftäter, einen Gondelführer aus Venedig, des Mordes überführte, obwohl der Beschuldigte immer wieder seine Unschuld beteuerte. Die Hauptverhandlung fand in Venedig statt.

Ich war hochschwanger, dennoch wünschte mein Mann, dass ich bei der Hauptverhandlung dabei wäre. War er mal wieder knapp bei Kasse? Ich selbst war von der Schuld des Angeklagten nicht überzeugt. Walters Ruf als exzellenter Anwalt stand auf dem Spiel. Das Gericht zog sich zur Beratung zurück. Ich brauchte dringend frische Luft. Es sah nicht gut aus für den Angeklagten. Auf dem Weg auf die Terrasse rempelte mich ein Mann an. Es war der Angeklagte, er floh, ich schrie, er griff nach mir, hielt mir den Mund zu, band mir mit seinem Gürtel die Arme zusammen. Ich dachte nur an mein Kind und wehrte mich nicht.

Niemand bemerkte uns. Dann verband er mir mit meinem Schal die Augen, setzte mich in ein Auto und preschte los.

Als das Auto hielt, war es dunkel, mein Entführer befahl mir, auszusteigen. Eine leichte Brise wehte zu mir herüber. Ich sog die Luft ein. In meiner Erinnerung sah ich ihn, roch ihn, den Canal Grande. Da erhielt ich einen Stoß, der Schal löste sich, ich platschte ins Wasser. Vor mir sah ich eine forola, die Rudergabel eines Gondolieres.

„Hold, hold", hörte ich und schon ergriffen mich kräftige Arme und zogen mich in eine Gondel. Ein Déjà-vu-Erlebnis? Ein Traum? Nein, es war Wirklichkeit. Warum, warum schon wieder?

Ich verlor mein Kind und damit meine Liebe. Die Zeit des Schmerzes brach an. Im Kummer um das nicht geborene Kind suchte ich einen Psychologen auf. Dieser riet mir, mit meinem Entführer Kontakt aufzunehmen, damit ich mein Trauma überwinden könne.

Dieser Mann hatte bei der Geiselnahme aus Verzweiflung gehandelt, denn seine über alles geliebte Frau, die Mutter der beiden Kinder, war bei einer Urlaubsreise durch Deutschland ermordet worden. Er aber war nicht der Mörder, er war das Opfer, das Opfer eines Justizirrtums, den mein Mann zu verantworten hatte.

Und mein Ehemann, der charmante Professor, entpuppte sich als Weiberheld, der mich jahrelang betrog, sogar während unserer Flitterwochen – wie ich Jahre später erfuhr.

Ich hatte – wie man sagt – die Nase gestrichen voll und leitete die Scheidung ein. Als einzige Tochter hatte ich in der Zwischenzeit das gesamte Familienvermögen geerbt. Laut Ehevertrag bekam mein Ehemann bei einer Trennung nichts. Er schwor, dass er seine letzte Geliebte verlassen habe, und bat mich, einen Neuanfang zu wagen. „Wir fangen von vorne an, in Venedig, auf dem Canal Grande.“

Vertraute ich ihm?

Am Markusplatz unterhielten sich die Gondelführer. Ich fühlte mich zehn Jahre zurückversetzt und erkannte in der Gruppe sofort den Gondoliere, der seine Kollegen um Haupteslänge überragte. Es war mein Entführer. Ich schritt auf ihn zu und sah aus den Augenwinkeln, wie eine blonde Frau, die am Markusplatz im *Il Caffè Florian* saß, meinem Mann zuwinkte.

Das war doch nicht wahr, die Geliebte meines Mannes! Warum war sie hier in Venedig. Als ich Walter daraufhin ansprach, erklärte er: „Ach Schatz, so ein Zufall, aber du weißt ja, wie klein die Welt ist.“

Hass, unendlicher Hass stieg in mir auf. „Das wirst du mir büßen“, schwor ich.

Heute morgen las ich in der Zeitung:

Der Canal Grande ist ein lebensgefährlicher Highway. Jede Menge riesiger Kreuzfahrtschiffe fahren direkt an dem Markusplatz vorbei und produzieren so hohe Wellen, dass immer wieder Gondeln umkippen. Es ist eine Frage der Zeit, wann es die ersten Toten gibt.“

Das war die Lösung!

Mein Mann besorgte mir ein Ticket für den nächsten Morgen, da ich einen wichtigen Vortrag an der Uni halten musste.

„Zwei, drei Tage bleibe ich, du weißt ja Termine ...“

Diese Dates kannte ich, sie waren meistens blond, jung und hatten lange Beine. Heimlich durchsuchte ich die Taschen. Eine Mietbestätigung für den nächsten Abend bei *unserem* Gondelführer. Ich war sicher, Walter hatte ihn nicht erkannt. Aber mir war der Hass in den Augen des Mannes förmlich entgegengesprungen. Ich war sicher, dass der Gondoliere mich erkannt hatte, aber er sagte nichts.

Für zwei Personen.
Wieso eine Gondel für zwei? Diese Frage ließ mich nicht los.

Am nächsten Morgen fuhr ich zurück nach München. Es war besser, nicht dabei zu sein, wenn sich mein Problem löste.
An diesem Tag kam das Kreuzfahrtschiff *Achille Lauro* in Venedig an. Es verursachte riesige Wellen. Kurze Zeit später war es so weit, als die Gondel kenterte, saß ich im Zug nach München.

*Während ihres Studiums entdeckte **Inga Kess** ihr Faible für Short Storys und Kurzgeschichten. Im Jahr 2010 nahm sie erstmals an einem Schreibwettbewerb teil. Seitdem wurden Geschichten und Gedichte der unterschiedlichsten Genres in mehr als achtzig Anthologien veröffentlicht. www.ingakessautorin.de.*

Drei Wünsche

Hätt ich vom Tod drei letzte Wünsche frei
Und dürfte Ort und Jahreszahl mir wählen,
Es wär Venedig 1703
Mit seinen Kuppeldächern und Kanälen.

Du wärst darin die unbekannte Schöne,
Die mit dem Fächer am Rialto geht,
Die abends in der Oper vor der Bühne
Sich beim Gesang in meine Richtung dreht.

Dir folgte ich in warmer Sternennacht
In stiller Gondel bis ans dunkle Haus,
Du stiegest, wenn man drinnen Licht gemacht,
Mit schönem Fuß in feiner Robe aus.

Ich schickte dir gewagte Liebesbriefe
Und träfe dich auf einem Maskenball,
Mein Wunsch wär, dass ich einmal bei dir schliefe,
Nach scheuem Zögern wäre dies der Fall.

In deinen Armen würd ich glücklich sein
Und müsste ich's, so wollt ich darin sterben,
Im Wasser spiegelte sich Mondes Schein
Und die Lagune würde hell sich färben.

Wolfregen (Pseudonym), geboren 1967 in Esslingen am Neckar, veröffentlichte bisher seine Gedichte im eigenen Internet-Blog, den er zusammen mit seiner Frau gestaltet. „Das poetische Zimmer" kann jederzeit gerne besucht werden und freut sich auf interessierte Gäste unter: wolfregensconstanze. wordpress.com.

Tanz im Regen

Sie starrte ihn fassungslos an. „Das ist jetzt bitte nicht dein Ernst?", fragte sie entsetzt.

Er nickte stumm.

„Das ist dein Ernst", stellte sie fest.

Erneut stimmt er zu.

„Weißt du was? Schere dich zum Teufel. Das ist das Allerletzte! Wie kann man ... ach, egal. Gib die Tickets her und geh mir aus den Augen!"

Wortlos überreichte er ihr die Flugtickets, sah sie Mitleid suchend an und ging, nachdem er feststellte, dass Marlene absolut nicht zum Scherzen aufgelegt war.

Sie schüttelte verletzt und wütend den Kopf. Die Tränen wollten aus ihren Augen laufen, doch sie weigerte sich, dies zuzulassen. Nicht seinetwegen. Er hatte ihr mehr Schmerz als Freude eingebracht und es gerade wieder bestätigt. Er war unzuverlässig, alles andere hatte Vorrang.

Mit ihrem Gepäck ging sie zum Terminal, gab ihren Koffer auf, lief zum Gate, betrat das Flugzeug und setzte sich auf ihren gebuchten Platz. Müde fiel sie in sich zusammen. Die Tränen konnte sie kaum noch zurückhalten, ganz gleich, wie sehr sie sich vornahm, nicht zu heulen. Sie war so verletzt und wütend.

„Entschuldigen Sie, wäre es Ihnen recht, wenn der Herr sich neben Sie setzt? Ich weiß, eigentlich ist dieser Platz belegt, aber die Bordkarte wurde nicht abgegeben ...", begann die Stewardess ein wenig hilflos.

Marlene blickte auf. Die Dame meinte wohl sie. „Der Platz ist frei. Sicher", antwortete sie reserviert und starrte wieder aus dem Fenster.

Neben ihr wackelte es und ein dumpfes: „Danke", ertönte.

„Keine Ursache", entgegnete sie automatisch.

Bis zum Start guckte sie stoisch hinaus. Die Gedanken kreisten um das eben Erlebte im Flughafengebäude. Noch immer war sie fassungslos.

Als sie in der Luft waren, regte sich ihr Sitznachbar. „Möchten Sie auch was trinken?", fragte er.

„Nein, danke."

„Na, kommen Sie, ich lade Sie ein“, sagte er mit einem Grinsen in der Stimme.

Das erste Mal sah Marlene auf und in ein verschmitztes Gesicht. „Sie wissen schon, dass das hier umsonst ist?“

„Natürlich. Aber nun habe ich wenigstens Ihre Aufmerksamkeit. Ich frage mich allerdings, was da draußen so spannend ist, dass Sie den Blick nicht abwenden wollen.“

„Eigentlich nichts“, antwortete sie wahrheitsgemäß und schluckte gegen ihren Kummer an.

„Oh, oh“, bemerkte er seufzend. „Liebeskummer?“

„Nein“, schniefte sie und die Tränen liefen. „Eher Wut und Enttäuschung.“

„Warum denn das?“, fragte er und orderte Getränke. Welche, hatte sie nicht mitbekommen und eigentlich war es auch egal.

„Ich habe vor nicht einmal vier Stunden geheiratet.“

Er sah sie überrascht an. „Das ist doch eigentlich ein Grund zur Freude.“

„Sie haben es erfasst. Eigentlich.“

„Aber?“

„Sehen Sie besagten Ehemann irgendwo?“

„Nein“, antwortete er gedehnt. „Und warum ist der Gute nicht hier?“

„Weil er, und ich zitiere an dieser Stelle: dringend geschäftliche Termine hat, die keinen Aufschub dulden.“

„Und das fällt ihm vor seiner Hochzeitsreise ein?“

„Offensichtlich“, erwiderte Marlene verbittert.

Er reicht ihr das Glas, das die Stewardess in diesem Moment bringt.

„Sekt? Ehrlich? Ich habe eigentlich keinen Grund zum Anstoßen.“

„Vielleicht ja doch“, sagte er mit beschwörender Stimme.

„Und der wäre?“

„Sehen Sie es positiv. Die Ehe können Sie noch annullieren lassen. Sie sind dem Idioten gerade noch mal von der Schippe gesprungen. Sie sind frei. Genießen Sie Ihren Urlaub.“

Marlene betrachtete ihn nachdenklich. Eigentlich hatte er recht, wenn es nicht so wehtun würde. Vorsichtig lächelte sie, auch wenn ihr die Tränen noch in den Augen standen. „Marlene.“

„Collin.“

Sie stießen an. „Was machst du in Venedig?“, fragte sie nach dem ersten Schluck, der ihr prickelnd die Kehle hinunterlief.

„Ich habe dort ein Spiel", bemerkte er seufzend.

Fragend sah sie ihn an. „Was für ein Spiel?"

„Football", erwiderte er düster.

„Du wirkst aber nicht glücklich und zufrieden damit."

Er seufzte. „Ich habe den Flug gestern verpasst. Es ist kompliziert."

„Da können wir wohl beide gerade ein Lied von singen."

„Oh ja, wenn auch in unterschiedlichen Bereichen. Und was wirst du nun in Venedig machen?"

Sie lachte freudlos. „Keine Ahnung."

„Wie lange bleibst du?"

„Zwei Wochen."

„Na, vielleicht habe ich eine Idee. In welchem Hotel bist du?"

Sie zeigte ihm die Unterlagen.

„Ah, das kenne ich. Was hältst du von einem Abendessen heute?"

Sie betrachtete ihn. Eigentlich war er nicht ihr Typ. Diese Kante an Mann schüchterte sie eher ein, als dass sie sich in seinem Beisein entspannen konnte. Andererseits war er wirklich nett. So stimmte sie zu.

„Fein. So um 18 Uhr in der Lobby."

„In Ordnung."

Der Flug verging so schnell, dass Marlene sich wunderte, als sie zur Landung ansetzen. Collin und sie checkten aus und warteten auf ihr Gepäck. Anschließend brachte er sie noch zum Taxi, erklärte dem Fahrer das Ziel in scheinbar perfektem Italienisch und sie verabschiedeten sich voneinander.

Die Fahrt ging kreuz und quer vom Flughafen nach Venedig. Marlene nahm dies kaum wahr. Die Sonne schien warm vom strahlend blauen Himmel. Es war das typische italienische Wetter. Zwischendurch musste sie sogar in ein Wassertaxi umsteigen.

An ihrem Hotel hielt der Bootsführer, stieg aus und öffnete ihr schneller die Tür, als sie reagieren konnte.

„Molte grazie", bedankte sie sich leise. Viel zu lange hatte sie diese Worte nicht mehr ausgesprochen und es fühlte sich völlig fremd und stotternd an.

Doch der Fahrer, ein älterer Mann mit grauem kurzen Haar und faltigem Gesicht, strahlte sie an. Auch ihren Koffer holte er heraus. Sie zahlte ihm den gewünschten Betrag und gab ihm ein großzügiges Trinkgeld. Schließlich hatte ihr nichtsnutziger Noch-Ehemann ihr eine ziemlich ordentliche Summe in die Hand gedrückt, bevor er sich aus ihrem Leben gestohlen hatte. Warum sollte sie das nicht nutzen, um anderen eine Freude zu machen?

„Buona giornata, Signorina", wünschte ihr der Taxifahrer.

Marlene würde sich einen schönen Tag machen. Oder noch besser, einen schönen und erholsamen Urlaub.

Sie betrat das Hotel. Der Mann an der Rezeption flirtete mit ihr, doch sie konnte sich darauf nicht einlassen. Auch wenn er gut aussah.

In ihrem Zimmer richtete sie sich ein, packte ihre Koffer aus und betrat den Balkon. Die warme Luft schlug ihr entgegen und die Sonne streichelte ihre Haut. Sie schloss die Augen und genoss den Augenblick. Dann öffnete sie die Lider wieder. Unter ihr war einer der Kanäle von Venedig und vereinzelte Gondeln fuhren langsam die schmale Wasserstraße entlang. In den kleinen Booten saßen Pärchen, die Marlene winkten. Verhalten grüßte sie zurück. Sie sahen so glücklich aus. Das hätte sie auch alles gern erleben wollen. Bis vor einigen Stunden war die Welt noch in Ordnung.

Sie sah auf die Uhr. Wenn sie noch duschen und sich frisch machen wollte, ehe Collin sie abholte, musste sie anfangen. Sie warf einen letzten Blick auf das Wasser und ging ins Bad. Nach einer Stunde war sie fertig. Sie hatte sich für ein türkisblaues Sommerkleid und schwarzen Sandalen mit Absatz entschieden. Ihr langes, blondes Haar trug sie offen.

In der Lobby wartete sie an dem verabredeten Treffpunkt. Aber sie sah Collin nicht. Viele Personen gingen ein und aus, doch ihre Verabredung war nirgends zu sehen. Innerlich seufzte sie resigniert. Männer. Warum hatte sie etwas anderes erwartet? Sie wollte sich gerade umdrehen, um wieder zu den Aufzügen zu gehen, als hinter ihr jemand ihren Namen rief. Verwundert drehte sie sich um. Ein junger, hochgewachsener Mann Anfang 30 kam mit eiligen Schritten auf sie zu. Vor ihr blieb er stehen. „Entschuldigen Sie bitte die Verspätung", setzte er an und holte japsend Luft.

Marlene zog die Augenbraue hoch. „Äh bitte? Ich bin mit Collin verabredet ..."

„Ja, ich weiß. Doch er musste zum Training, außerplanmäßig, und da er Sie nicht erreichen konnte, hat er mich stattdessen geschickt. Ich heiße Luca und soll Sie zum Essen ausführen."

Einen Moment war sie sprachlos. Aber dann musste sie herzhaft lachen. „Hallo Luca. Und warum tun Sie das, was Collin Ihnen sagt?"

Er sah sie mit einem gespielten Entsetzen an. „Sie haben schon gesehen, was das für ein Hüne ist? Wie soll ich schmales Hemd dagegenhalten können?"

Erneut prustete sie los. Sein Humor gefiel ihr. „Das ist ein Argument", bemerkte sie. „Dann lassen Sie uns etwas essen gehen."

Er führte sie aus dem Hotel in die wunderschönen kleinen Gassen Venedigs. Es war ein malerischer Ort und noch viel schöner als auf den Bildern, die sie bislang gesehen hatte.

Sie betraten einen Hinterhof und Marlene hatte das Gefühl, im Garten Eden gestrandet zu sein. Es war unbeschreiblich idyllisch.

Luca war höflich. Er zog ihr den Stuhl zurück, sodass sie sich setzen konnte, und war zuvorkommend. Sie betrachtete ihn verstohlen, während er mit der Kellnerin in perfektem Italienisch sprach. Er war hochgewachsen, schmal, aber durchtrainiert. Unter dem T-Shirt kam die ein oder andere Muskel zum Vorschein. Sein schwarzes Haar war windzerzaust und sein braun gebranntes Gesicht hatte immer ein gewisses Grinsen. Er hatte etwas an sich, das ihr gefiel.

„Ich hoffe, es ist in Ordnung, dass ich für dich mitbestellt habe", bemerkte er zerknirscht.

„Ja, sicher."

Sie sprachen und aßen. Marlene war völlig überrascht, als sie später auf die Uhr an ihrem Handgelenk sah. Es war kurz vor Mitternacht. „Es war ein wunderschöner Abend, Luca", sagte sie leise und prostete ihm mit ihrem Weinglas zu.

„Da gebe ich dir recht."

Später schlenderten sie noch durch die Gassen. Marlene war erst in den grauen Morgenstunden im Bett und fiel in einen tiefen, traumlosen Schlaf. Am kommenden Morgen erhielt sie eine Nachricht von Luca auf ihrem Handy.

Zieh dich an, mia bella. Ich hol dich in 15 Minuten ab.
Wir gehen frühstücken.

Mia bella? Ernsthaft?, schrieb sie zurück, schwang sich aber zeitgleich aus dem Bett, raste ins Bad, machte sich schnell frisch, zog sich an und betrat die Lobby. Er wartete schon an dem verabredeten Treffpunkt.

„Ernsthaft", begrüßte er sie mit einem Kuss auf die Wange. „Komm, du brauchst was zu essen."

Sie lachte. „Wenn du so weitermachst, habe ich am Ende meines Urlaubs zehn Kilo mehr auf den Rippen.“

„Auch das wird dir stehen“, schmunzelte er, ergriff ihr Handgelenk und sie schlenderten durch die Gassen auf der Suche nach einer leckeren Mahlzeit.

Luca zeigte ihr viele tolle Plätze in Venedig. Auch eine Gondelfahrt durfte nicht fehlen. Sie waren auf einer Wellenlänge, hatten viele gleiche Interessen und verbrachten jeden Tag miteinander. Sie entwickelten Gefühle füreinander. Marlene wehrte sich zwar zu Beginn dagegen wegen ihres Noch-Ehemannes, doch auf Dauer konnte sie ihm nicht widerstehen. Es erfasste sie innerlich eine tiefe Traurigkeit, wenn sie an ihre Abreise dachte. Ein Leben ohne Luca wollte sie sich nicht mehr vorstellen. Er war so ein fröhlicher Mensch, der immer auf der Sonnenseite des Lebens stand.

„Du musst lernen, im Regen zu tanzen, Cara“, hatte er einmal gesagt, als sie Wehmut erfasste.

„Wie soll ich das denn bitte anstellen?“, fragte sie verwirrt.

„Auf jeden Regenguss erfolgt auch wieder Sonnenschein“, sagte er leise und küsste sie.

„Und wo soll die Sonne herkommen?“

„Aus uns. Ich möchte genauso wenig, dass du gehst. Vielleicht habe ich es die ersten paar Tage als einen netten Flirt angesehen. Doch das hat sich schnell geändert. Du bist kein Mädchen für einen Urlaubsflirt.“

„Nein, damit hast du wohl recht.“ Sie betrachtete ihn. „Und was tun wir jetzt mit unserer Liebe?“

„Ausleben“, lachte er leise. „Könntest du dir vorstellen, hierherzuziehen? Es mit mir zu versuchen?“

Einen Moment war sie geschockt über seine Frage. Doch je mehr sie darüber nachdachte … warum nicht?

„Ich muss zwar noch einiges in Deutschland regeln, aber ja, das könnte ich mir wirklich vorstellen.“

„Unter einer Bedingung“, bemerkte er ernst.

Fragend sah sie ihn an.

„Du lässt die Ehe annullieren.“

Nun war es an ihr, zu lachen. „Das habe ich schon alles in die Wege geleitet. Keine Sorge.“ Sie schmiegte sich an ihn. „Und alles nur, weil Collin nicht zu unserer Verabredung aufgetaucht ist.“

Er sah sie schmunzelnd an. „Ihr wart nicht verabredet, Cara.“

„Bitte? Doch.“

„Nein. Du solltest dir angewöhnen, zuzuhören. Du warst nur verabredet.“

Einen Moment stockte sie, dann brach sie in schallendes Lachen aus.
„Collin, du Schlitzohr.“

__Beccy Charlatan__ wurde 1982 in Wuppertal geboren und wuchs dort auf. Mittlerweile hat es sie mit ihrem Lebensgefährten etwas weiter an den Rhein verschlagen, ins schöne Düsseldorf. Schon von Kindesbeinen an schrieb sie gern, geht der Liebe zu den Buchstaben jedoch erst seit circa drei Jahren nach. Sie schreibt unter anderem im Bereich Fantasy und Kindergeschichten. Im Jahr 2021 sind die ersten drei Kurzgeschichten in einer Anthologie erschienen.

Venedig

Wir waren Geheimnisse
In jener Nacht
Die sich so sinnlich über uns legte
Und uns vergessen ließ
Wer wir waren.
So rot wie das Licht der Sonne hinter der Brücke versank
So verstummte die Welt
Und die Stadt wurde still.
Wir waren Geflüster
Getrieben von unseren Träumen
So gefesselt vom Glück und so wunderlich
Nur die Stadt und er und ich.

Wir waren Gespenster
In den leeren Straßen
Keinen Blick mehr frei für den Weg.
Niemand bei uns, der uns führte
In der fremden Stille der Nacht
Die Dunkelheit sich über Venedig legte
Ließ nur übrig, was so wundersam war
So atemberaubend und fremd für mich
Nur die Stadt und er und ich.

Wir waren Momente
In einer Stadt, die nie schläft
Und die Zeit verging
Wie der Tag.
Wie die schmalen Kanäle das Wasser trieben
So trieben wir mit ihm voran.
Die Wellen in ihrem eigenen Rhythmus
Langsam und hastig zugleich
Und die Sterne am Himmel

Verwunschen für sich
Nur die Stadt und er und ich.

Wir waren die Sehnsucht
In den leeren Gassen
Die sich füllten mit Leben und Glück.
Wie die Gondeln im Wasser
Und die Tauben am Steg
So hell wie die Sonne am Tag.
Unsere Nacht in Venedig, eine Nacht für sich
Nur die Stadt und er und ich.

Wir waren Gespenster
Im Licht der Laternen
Das Seufzen so leise hinein in die Nacht.
Die Häuser und Straßen
Verwunschen, verlassen
Und ein Abenteuer, das keinem glich
Nur die Stadt und er und ich.

Doch wie sie kam, so war sie vorbei
Und das Abenteuer zu Ende
So wie wir uns fanden, so ging'n wir entzwei
Am Ende unserer Zeit.
Ich dachte nicht mehr oft an Venedig
Das Mein, das Unser, das Ewig
Hinfort und einsam im Dunkel der Stille
Und wieder, wieder allein.
Unsre Erinnerung, er nahm sie mit sich
An die Stadt, an ihn und an mich.

Ich kannte die Stadt nicht ohne ihn
Und ohne ihn nicht die Stadt
Begegnet, geliebt, gegangen war er
Und ließ zurück nichts, was blieb.
Doch ohne ihn, so war ich allein
Hatte nichts, was mich hier noch hielt
Wir waren Gedanken in einem Strom aus Gefühlen

Doch seine Gedanken war'n fort
Und zurück ließ ich die Stadt der Liebe
Getrieben von meinen eigenen Leiden
Getrieben aus meinem Glück ich wich,
Aus der Stadt, fort von ihm, nur noch ich.

Und Venedig, es blieb als wär nichts gescheh'n
Und nie mehr kam ich zurück.
Spürte die Liebe, die er mit sich nahm
Nicht mehr und auch nicht mehr das Glück.
Das, was in Venedig begonnen hatte,
Ging zu Ende dort und verblich
Und das Gedicht, das ich für ihn schrieb,
nicht mehr wunderlich
Es reimte sich
Wie jedes andere und ich erinnerte mich
An die Stadt und nicht mehr an dich.

__Carola Marion Menzel__ wurde 1999 geboren. Neben zahlreichen Kurzgeschichten und Gedichten veröffentlichte sie bei verschiedenen Verlagen bereits drei Romane und schrieb für Magazine und Zeitung. Mit ihren Geschichten konnte sie sich bereits bei mehreren Wettbewerben durchsetzen. Die Autorin wohnt in Sandhausen und studiert in Heidelberg. Instagram: carola_writes.

Fünfundvierzig Quadratmeter

Laura betrachtete den Kaffeering auf dem Scheidungsbeschluss. Beim Ausräumen der Wohnung war ihr das Papier zwischen die Finger gerutscht. Ungewöhnlich, dass Mutter dieses Ende einer Ehe aufbewahrt hatte, obwohl Vater längst verstorben war. Brauchte man nach derart vielen Jahren der Trennung immer noch den Nachweis der ordnungsgemäß aufgelösten Partnerschaft? Laura hatte keine Ahnung, drehte das Blatt, begutachtete die Rückseite, auf der sich vor allem Unterschriften befanden. Auf der Vorderseite dagegen stand das Wesentliche. Inklusive Wappen und Stempel. Die Namen der Kontrahenten, Antragsgegner genannt, weiters Geburtsdaten, Adresse und Staatsangehörigkeit.

„Daten zur Befriedigung von Bürokraten", flüsterte Laura und sah sich um. Der Blätterberg in der Wohnung hatte sich bereits reduziert. Wertsachen hatte sie bisher keine gefunden, dafür Bücher, die bereits ewig vor sich hingegammelt hatten und nun den Weg ins Altpapier finden würden. Ob sich dazwischen etwas von Wert befand? Sie hätte es nicht sagen können, denn Feuchtigkeit hatte die Blätter zusammengeklebt. Und das, was nicht stockfleckenschwarz war, befand sich in graugrünem Schimmelstadium. Kein Wunder, lag doch die Wohnung ihrer verstorbenen Mutter im Erdgeschoss nahe des Campo Santa Maria del Giglio, wenige Gehminuten vom Markusplatz entfernt. Eine Gegend, die regelmäßig wiederkehrend von Acqua alta betroffen war.

Schön war es hier. Typisch Venedig eben. Aber irgendwie auch bedrohlich, wenn man an die vielen hölzernen Stelzen dachte, die sich unter den Häusern befanden und die morbide Schönheit von La Serenissima stützen sollten.

Wieder landete ein Buch im Entsorgungskarton. Laura überlegte, ob sie welche als Andenken aufbewahren sollte, roch an einem Schmöker und fühlte sich prompt wie in einer modrigen Gruft. Ein Plumps. Ein weitere Ladung Papier fiel in die Schachtel.

Neben ihr arbeitete Tomaso. Laura hatte ihn im Caffè Florian kennengelernt, als sie nach einer ersten Umschau in der vermüllten Wohnung ihrer Mutter frustriert auf den Markusplatz geflüchtet war. Sie hatte ihr Bargeldvermögen überschlagen und sich dann ins bekannte Kaffeehaus gesetzt, wo sie sich eine Tasse Zabaione con Biscotti um 17 Euro geleistet hatte. Darin befand sich eine ordentliche Portion glücklich machenden Zabaionelikörs. Genüsslich hatte sie das schaumige Getränk löffelweise zu sich genommen. Tomaso, der einen Tisch weiter gesessen, immer wieder zu ihr hergesehen hatte und von Laura bewusst ignoriert worden war, weil er in ihren Augen das Ebenbild eines typischen italienischen Casanovas darstellte, hatte sich schließlich einfach zu ihr an den Tisch gesetzt und noch eine weitere Schale Zabaionefröhlichkeit für sie bestellt.

Nach der dritten Tasse hatte sie ihm ihr Leid geklagt. In einer Mischung aus deutsch, englisch und italienisch. Ihre sprachliche Zurückhaltung fiel dem Likör zum Opfer. Ihr Italienisch verbesserte sich dramatisch, je intensiver ihr Alkoholpegel stieg, worauf Tomaso due Espressi bestellte und dazu verschiedene Variationen von Tramezzini. Übermütig und betrunken hatte sie Tomaso eingeladen, ihr doch bei der Räumung der Wohnung ihrer verstorbenen Mutter zu helfen. Nach Beileidsbekundungen und einem weiteren Espresso hatte er ihr seine Hilfe zugesagt, bezahlt und sie zu sich nach Hause abgeschleppt. Schön war diese Nacht gewesen. Aufregend. Laura verbat sich schlechtes Gewissen. Gedanklich genoss sie immer noch die aufreizenden Berührungen und geflüsterten Worte der letzten Nacht.

Und nun befanden sie sich gemeinsam auf engen fünfundvierzig Quadratmetern. Der Mann neben ihr roch herrlich männlich. Nur sie selbst konnte sich nicht riechen. Es schien, als hätte sich der faulige Gestank der Wohnung längst in jede ihrer Poren gefressen. Derart intensiv, dass Laura anfangs übel geworden war. Ab diesem Zeitpunkt hatte sie sich der Entsorgung der Überreste eines Lebens nur noch mit einer Gesichtsmaske und gummierten Arbeitshandschuhen gewidmet, was Tomaso mit einem Lächeln und hochgezogenen Augenbrauen kommentiert hatte. Zwischendurch nahm er sie immer wieder in die Arme, zupfte ihr die Maske vom Gesicht und küsste sie leidenschaftlich. Seine Hände wanderten über ihren Körper und packten beherzt zu. Laura fand, dass er nicht nur fürs Ausmisten ein Händchen hatte.

„Fünfundvierzig Quadratmeter müssen entmüllt werden. So werden wir nie fertig“, seufzte Laura wohlig zwischen zwei Küssen.

„Quarantacinque“, wisperte ihr Tomaso ins Ohr, spielte mit seiner Zunge an ihrem Ohrläppchen, knabberte ein bisschen daran herum und schob Laura dann energisch von sich. „Lavoriamo!" Und sie arbeiteten weiter. Atemzug um Atemzug. Kuss um Kuss. Mit Lust in den Augen.

Kartons und Säcke mit Papier, Glas und Kunststoff stapelten sich an der Eingangstür. Ein Freund Tomasos beförderte alles in ein Motorboot, das nur wenige Meter entfernt am Canal Grande lag. Wohin er das Zeug brachte, wusste Laura nicht, allerdings war sie inzwischen derart müde, dass sie auch eine direkte Entsorgung in den Canale in Betracht gezogen hätte.

Etliche Bügeleisen, zwei Bügelbretter, löchrige Putzlappen und viele angeschlagene Teller später sank Laura zu Tomaso ins Boot. Sie sah ihn an. Er wickelte sie in eine Decke, drückte sie an sich und Tomasos Freund gab Gas. Eine Schachtel fiel um, öffnete sich und Laura blickte in etwa vierzig Augen, nur ein Teil jener annähernd zweihundert Kuscheltiere, die zur Entsorgung gefahren wurden. Bären, Frösche und Einhörner. Eulen, Katzen und Krokodile. Offenbar hatte Mutter diese flauschigen Staubfänger von überall her in die Wohnung gebracht. Eine Tiersammlung.

Ein Ersatz für fehlende Zuwendung? Laura schloss die Augen, denn immer noch wartete genug Arbeit. Zuerst aber wartete Tomasos Wohnung auf sie, eine heiße Dusche und eine warme Mahlzeit, die Laura bereits im Halbschlaf einnahm. Erstmals seit Langem fühlte sie sich geborgen.

Laura sah sich um, betrachtet die hellen Quadrate an den Wänden. Bilder und Möbel hatten die Mauern interessanterweise vor schäbigem Alltagsgrau geschützt. Ein Kasten, den sie gerade geleert hatten, war – entgegen aller Erwartungen – beim ersten Rütteln an der verzogenen Tür doch nicht zusammengebrochen. Konnte er nicht, denn unter ihm, zwischen Parkett- und Kastenboden, waren weitere Bücher eingekeilt, ein Durchbrechen des Möbelstücks damit erfolgreich verhindert worden. Der Kasten selbst war gut befüllt gewesen. Ausgestopft mit Pullovern, die ganze Heere von Motten ernährt hatten, wovon zahlreiche Löcher sprachen. Angefüllt mit Schuhen. Zumeist paarweise. Vereinzelt ein einsamer linker, der nicht zu einem vereinsamten rechten Schuh passen wollte.

„Zehntausend Einzelteile, ein Lebenspuzzle, das niemand mehr braucht", klagte Laura und wischte sich Tränen von den Wangen. „Vasen und Becher in allen Farben und Formen. Halsketten und Armreifen aus Kunststoff. Schnickschnack, den ohnehin keiner mehr tragen will." Tomaso zuckte mit den Schultern, umarmte Laura und wischte ihre Wangen trocken. Seine warmen Finger auf ihrer Haut waren Laura willkommen. Sie fühlte sich in seiner Umarmung geborgen. Seine Küsse weckten Sehnsucht. Tomasos Liebkosungen waren wie ein Versprechen auf eine heitere Zukunft.

Später strichen Lauras Finger über Unterkleider in zarten Farben. Rosa. Hellblau. Gelbgrün. Wäsche, deren Stoffe niemals verrotten würden, denn der Kunstfaseranteil war besorgniserregend hoch. Beim Aussortieren klebten die guten Stücke elektrisierend an ihren Fingern. Blitze funkten und hätten hervorragende Dienste zur Energieerzeugung leisten können. Tomaso lachte über ein weiteres Bügelbrett, dessen Blumenmuster hübsch und farbintensiv war und das unterjocht vor einem Fenster stand. Auf ihm stapelten sich in Kartons verwahrte Strümpfe. Mindestens fünfzig, deren Inhalt unangetastet schien. Die Strumpfschachteln hatten das Blumenmuster des Bügelbrettbezugs vorbildlich vor ausbleichendem Licht geschützt. Im Raum stand Mutters Bett. Darauf – Laura hatte nachgezählt – fünfundzwanzig Decken in unterschiedlichen Farben und Stoffqualitäten sowie haufenweise Kissen. Das Bett war von Mutter nicht mehr benutzt worden. Zu aufwendig wäre das tägliche Herrichten dieses seltsamen Throns gewesen. Die Nachbarin hatte Laura erzählt, dass ihre Mutter zuletzt in einem Ohrensessel geschlafen hatte.

Tomaso hatte eine Handvoll Decken vom Bett gezerrt, Laura einen Stoß verpasst, sodass sie mittig auf dem Bett zu liegen kam. Er hatte sich regelrecht auf sie gestürzt. Seine Zunge aufs Aufregendste mit ihren empfindlichsten Körperteilen bekannt gemacht und dafür gesorgt, dass Lauras Herz einen rasenden Takt tanzte. Sie hatte seinen Namen gestöhnt, sein Haar zerwühlt, sein Gesicht zwischen ihren Oberschenkeln eingeklemmt, ihn nicht mehr freigegeben, bis ihr Stöhnen in ein befreiendes Schreien übergegangen war. Er hatte gelächelt, es sich neben ihr bequem gemacht und um fünf Minuten gebeten sowie um das freie Verfügungsrecht über ihre rechte Hand, die sie ihm willig und aktiv geborgt hatte. Zu seiner vollen Befriedigung.

Später waren sie im Gang aneinander vorbeigelaufen, hatten unzählige Zahnpastatuben, Seifenstücke, Kerzenreste und leere Nahrungsmittelkonserven entsorgt. Umzingelt von gut befüllten Müllsäcken hatte

Laura ihren Rock in die Höhe gezogen und Tomaso ihre Unterwäsche präsentiert. Der hatte gegrinst, sich umständlich an ihr vorübergeschoben, sich an ihr gerieben – und dann doch die Müllsäcke auf die Gasse gestellt.

Ein Ticken hatte Lauras Aufmerksamkeit gefordert. Eine Uhr, an die sie sich dunkel erinnern konnte. Diese Küchenuhr hatte Mutter beim Auszug mitgenommen. Nun lag das dunkelgrüne Ding, anstatt an der Wand zu hängen, auf einem Kissen, das wiederum auf einem Polstersessel lag, der schief im Raum stand und augenscheinlich zu nichts mehr nutze war. Obwohl, das war falsch, denn der staubige Polstersessel hatte als Unterkunft für Mäuse gedient. Manche davon waren sogar darin oder darunter gestorben. Gestern, als Laura den Sessel zur Seite geschoben hatte, waren einige mumifizierte Mäuse zum Vorschein gekommen. Laura hatte ihnen die letzte Ehre erwiesen. Die Überreste der kleinen Tiere hatten eine Wasserbestattung erhalten.

Laura strich mit Arbeitsfingern über verblasste Familienfotos und über die Töpfe verdorrter Zimmerpflanzen. Sie betrachtete verwundert präparierte Tiere, darunter einen Fuchs, der aussah, als wäre er der Räude zum Opfer gefallen, sowie drei Raubvögel, die sich unfreiwillig gemausert hatten.

Demnächst würde sie die Wohnung auf dem Immobilienmarkt anbieten. Das würde ihr jede Menge Geld bringen, mit dem sie sich allerdings keinen einzigen Tag mit ihrer Mutter zurückkaufen konnte. Zu spät hatte Laura begriffen, dass ihre Mutter nie darüber hinweggekommen, dass sie bei Vater geblieben war, anstatt mit ihr nach Venedig zu gehen. Mutter hatte also Decken und Plüschtiere gesammelt und beharrlich geschwiegen. Laura hatte diese Stille nicht beendet.

„Laura, andiamo!" Tomaso hielt den Schlüssel in der Hand, wollte die Wohnung verlassen. Er warf ihr einen seltsamen Blick zu, überwand den Weg zwischen ihnen in wenigen Schritten. Vorsichtig hielt sie die alte Uhr wie ein wertvolles Stück in ihren Händen. Behutsam zupfte er Lauras geblümtes Kopftuch zurecht, das ihr Haar vor Staub schützen sollte. Er hob ihr Kinn an und küsste sie. Schließlich nahm er ihr die Uhr ab, legte sie zur Seite und zog Laura in seine Arme. Tomaso rieb Lauras Rücken, als müsse er sie in einer kalten Winternacht wärmen. Ein Rückenreiben, das „Alles wird gut!", sagte, weil Zuwendung die Würze des Lebens ist, genauso wie ein italienischer Casanova, der seine Zeit zur Verfügung stellt.

„Ich denke, ich werde vorerst in La Serenissima bleiben“, raunte Laura.

„Buona idea“, antwortete er und intensivierte seine Streicheleinheiten.

Astrid Miglar: *Schreiben bedeutet für die Österreicherin aus der kleinen Gemeinde Reichraming Freude. Diese Freude teilt sie mit den Mitgliedern des literarischen Zirkels „textQuartett Steyr“, an dessen Gründung sie beteiligt war. Astrid Miglar veröffentlichte Kolumnen in Print- und Onlinemedien sowie eine Reihe literarischer Texte in Literaturzeitschriften und Anthologien. Mit „Natternkopf“ legte sie 2021 einen Reichraming-Krimi vor. www.astridmiglar.at*

Holgers Liebesschwur

Mit Ava war er damals in Paris,
der großen Stadt der Liebe. Herrlich war's.
Als sie verlassen sie, sie ihn verließ.
Abruptes Ende eines Liebespaars!

Mit Pia war's in Rom im Jahr darauf
ganz wunderbar, sein zweiter Liebestraum.
Doch wieder nahm das Schicksal seinen Lauf.
Sie ihn verließ, 's war Rom verlassen kaum.

„Das soll kein drittes Mal mir so passieren",
denkt Holger heuer in Venedig sich,
da er mit Hannelore beim Flanieren
und sie ins Ohr ihm haucht: „Ich liebe dich."

Er ihr gesteht, zu fühlen ebenso,
und schwärmt vom Zauber dieser tollen Stadt.
Er meint: „Bislang war's schöner nirgendwo",
kann seh'n an Sehenswürd'gem kaum sich satt.

Danach die Gondelfahrt mit der Geliebten.
Von der Romantik zwei zutiefst betört!
Im Angesicht des Glücks, des ungetrübten,
fasst Holger den Beschluss und leis' sich schwört:

„Das Schicksal soll mich diesmal nicht bestrafen.
Will nie verlassen werden mehr von ihr.
Will fahr'n mit Hanne in den Ehehafen.
Damit's auch klappt, bleib' ich für immer hier."

Soweit sein Schwur, der aller Ehren wert
und theoretisch so auch umsetzbar.
Doch düst're Vorahnung ins Hirn ihm fährt.
Im Endeffekt wird's so, wie's zweimal war.

Wenn aufgezehrt sein Geld vom Lebensstil,
wird Hannelore zwar nicht ihn verlassen,
doch die geliebte Stadt mit neuem Ziel.
Wie kann man so was schwör'n sich? Nicht zu fassen!

's wird Holger bleiben also in Venedig
sowie, zumindest bis auf weit'res, ledig.

Wolfgang Rödig lebt in Mitterfels. Er hat seit 2003 mehr als 600 belletristische Kurztexte in Anthologien, Literaturzeitschriften und Tageszeitungen veröffentlicht.

Glücklich in Venedig

Ich schiebe die hauchdünnen Vorhänge beiseite und trete aus dem Hotelzimmer auf den winzigen Balkon. Sogleich steigt mir der allgegenwärtige Geruch des Wassers in die Nase. Heute tritt das Salz in den Vordergrund. Je nachdem, wie der Wind steht, riecht es salzig oder brackig. Der typische Geruch, der für mich unverkennbar mit dieser Stadt verknüpft ist. Venedig. Auch mit geschlossenen Augen könnte ich sagen, wo ich mich befinde. Über mir erstreckt sich ein milchig blauer, ewig weiter Himmel, an dem ein paar einsame Möwen ihre Kreise ziehen, die Sonne wärmt bereits.

Auf dem Canal Grande, der zu meinen Füßen liegt, herrscht auch um diese Uhrzeit ein lebhaftes Treiben: Sportboote, kleine Fähren, Vaporetti, ein Frachtschiff, Gondeln. Immer ein schönes Bild – die vielen farbenfrohen Boote, die vor einer prächtigen Kulisse über das Blau des Wassers gleiten. Bootsmänner, Frühaufsteher-Touristen aller Nationen und jeden Alters, Geschäftsleute – fast alle tragen Sonnenbrillen und ein Lächeln im Gesicht. Ich kann die gute Stimmung, die Vorfreude der Menschen auf den Tag hören. Stundenlang könnte ich hier oben stehen, um in das Geschehen auf dem Kanal einzutauchen. Eine leichte, morgendliche Brise streicht über die Lagune, bläht mein Nachthemd und trägt jetzt köstliche Frühstücksaromen zu mir. Der Duft von Kaffee und süßem Gebäck lässt mich einmal tief einatmen. Später werden wir frühstücken.

Quer über dem Kanal, zum Greifen nahe, wie es scheint, liegt die Punta della Dogana – ein Museum, dem wir unzählige Male einen Besuch abgestattet haben, obwohl ich mit moderner Kunst nicht viel anfangen kann. Aber das Gebäude, nicht zuletzt der markante Turm auf der Spitze der Insel, die wie der Bug eines Schiffes in den Kanal hineinragt, hat es mir angetan. Über dem Bau strahlt die goldene Atlas-Kugel in der Morgensonne. Unweit davon: die Kuppeln der Basilica di Santa Maria della Salute. Weiter hinten links sehe ich die schmale Silhouette von San Giorgio Maggiore. Venedig und seine unendlich vielen Kirchen und Museen. Die wenigsten Namen kann ich mir merken, aber diese haben sich mir eingeprägt. So oft, bei jeder unserer Reisen, hat mir Enrico die klangvollen Namen ins Ohr geflüstert, wenn wir den Blick auf das wunderschöne Stadtbild aus dem Hotelzimmer genossen haben.

Enrico und ich bereisen die Lagunenstadt seit zwanzig Jahren immer im März. In dem Monat, in dem wir uns kennengelernt haben: Auf einem Kongress ist es gewesen. Keiner von uns war auf der Suche und doch haben wir uns gefunden. Eine schicksalhafte Fügung, meint Enrico. Noch immer ist er dankbar dafür, dass er damals auf dem Ärztekongress kurzfristig für seinen erkrankten Kollegen einspringen musste und zufällig ich ihn für ein medizinisches Blatt interviewt habe. Aus heiterem Himmel hat es uns damals erwischt.

Bevor ich ihn höre, spüre ich seine Anwesenheit. Wie feine Antennen stellen sich meine Nackenhärchen auf, ehe er die Arme um meine Taille schlingt und mich an sich zieht, um mir einen Kuss auf die Schulter zu hauchen.

„Guten Morgen, amore mio!"

Sein Körper fühlt sich bettwarm an und ich schließe die Augen, schmiege mich an ihn, nehme seinen Duft wahr. Ich erlaube mir, diesen Moment in seinen Armen einfach nur zu genießen. Dies ist so ein Augenblick, weiß ich schon jetzt, den ich mir wieder und wieder ins Gedächtnis rufen werde, wenn ich mich nach Geborgenheit sehne.

„Was machst du so früh hier draußen?"

„Ich sehe zu, wie die Stadt erwacht." Venedig ist um diese Uhrzeit besonders. Ich höre die Glocken der unzähligen Kirchen läuten und es herrscht eine eigene Stimmung, ganz anders als wenige Stunden später, wenn die Touristen alles fluten.

Immer sieben Tage im März sind wir hier, wenn der Frühling beginnt, eine neue Energie das Leben füllt, überhaupt alles Zuversicht und Fröhlichkeit atmet. Regelmäßig lassen wir uns von der Stimmung des Aufbruchs anstecken. Wir genießen lange Tage und erfüllte Nächte. Stundenlang wandern wir durch die Stadt, finden neue Schätze, entdecken Bekanntes wieder. Enrico kennt Venedig wie seine Westentasche. Jede Kirche, jede Brücke und jedes Museum, ja, sogar die meisten Läden (manchmal auch ihre Besitzer). Seit seiner Kindheit war er unzählige Male hier. Zielstrebig führt er mich durch das Gassengewirr, über eine Brücke nach der anderen. Mittlerweile sollte ich mich hier auch ganz gut auskennen, aber jedes Mal schaffe ich es, mich zu verlaufen. Mein

Orientierungssinn ist nicht der beste und wahrscheinlich bin ich nach wie vor zu verliebt, um mich wirklich auf die Stadt, die sich wie ein riesiges Freilichtmuseum präsentiert, konzentrieren zu können. Wenn wir hier sind, konzentriere ich mich auf Enrico.

Auch in den letzten Tagen haben wir uns ohne Hektik durch San Marco treiben lassen, sehr vertraut, wie man es nur nach einer langen Zeit sein kann. Wieder einmal haben wir Murano besucht, Kaffee in allen Varianten getrunken und am Abend wahrlich fürstlich gespeist. Das ist Enrico wichtig.

Wir reden, scherzen und lachen zusammen. Uns geht der Gesprächsstoff nicht aus. Aber zwischendurch gibt es auch diese Momente, in denen wir in stiller Übereinkunft schweigen, Reden nur stört. Das ist meistens der Fall, wenn wir dem Treiben auf den Plätzen oder der Sonne bei Untergehen in den Giardini della Biennale zusehen. Manchmal ist es am wichtigsten, mit allen Sinnen aufzunehmen, was wir für immer in unserem Herzen bewahren wollen. Mit Enrico geht alles.

Unsere Liebe ist etwas Kostbares und trotz der langen Zeit bleibe ich aufmerksam, denn Liebe ist empfindlich wie die erste Rose im Jahr. Enrico will davon nichts hören, er ist felsenfest überzeugt, dass unsere Liebe niemals endet. Und daran lässt er auch in seinem Verhalten keine Zweifel aufkommen. Romantischer Italiener, der mit dem Herzen denkt und nicht mit dem Kopf.

„Komm wieder ins Bett!", sagt Enrico und schiebt den Träger meines Nachthemdes zur Seite, um die Haut darunter genüsslich mit seinen Lippen zu liebkosen. Mit Küssen, die immer verlangender werden, verdeutlicht er mir, dass er den Tag nicht mit einem Frühstück beginnen möchte.

Enrico und ich sind nicht miteinander verheiratet. Stillschweigend gehen die Leute davon aus, dass dem so ist, und wir korrigieren sie nicht in ihrer Annahme. In Venedig sind wir ein Paar, das zusammen durch das Leben geht, zu Hause (er in Mailand, ich in Berlin) sind wir es nicht.

Das liegt an zwei Gründen. Ich habe meinen erfüllenden Job in der deutschen Hauptstadt, er seine Praxis in Italien. Und – Enrico ist verheiratet. Zwar teilen er und seine Frau seit Beginn unserer Beziehung nur die Wohnung, aber mir ist klar, dass sie ihm eine Scheidung schwer machen würde. Außerdem ist Enrico Katholik, und ich denke, tief in seinem Inneren wäre ihm die Auflösung seiner Ehe zuwider. Und wenn ich ehrlich bin, habe ich Angst, dass unsere Beziehung es nicht aushält, wenn wir ein Paar sind, das sich nicht nur gelegentlich sieht.

Durch die weit geöffneten Fenster des Palazzo strömt milde Luft in die Räumlichkeit, die mich an einen großartigen Ballsaal erinnert: Marmorfußboden, alte Gemälde – Ansichten von Venedig – und prunkvolle Spiegel an den Wänden, stilvolle Kerzenleuchter auf Kaminsimsen. Und so viele frische Blumen, dass es mir vorkommt, als hätte man den Frühling direkt in den Raum getragen. Hier frühstücken wir seit Jahren. Meistens an demselben Tisch.

Enrico sieht an diesem Morgen attraktiv wie eh und je aus, denke ich, als ich ihn verstohlen mustere. Über die Jahre ist er grauer geworden, seine Haare trägt er kürzer, aber ich finde, es steht ihm. Er hat die Ärmel seines Hemdes hochgekrempelt und seine stets gebräunt wirkende Haut bildet einen scharfen Kontrast zu der blütenweißen Baumwolle und dem Chrom seiner Armbanduhr. Distinguiert, charakterfest und anständig sieht er aus. Wie ein Mann, dem man vertrauen kann. Und genau so ist er auch. In beruhigender Weise ist er über die Jahre derselbe geblieben. Mit seinem fünfundvierzigsten Geburtstag hat er begonnen, dem Fitnessstudio regelmäßig einen Besuch abzustatten. Er ist gut in Form. Und er ist mit sich im Reinen. Von Midlife-Crisis keine Spur. Das fällt mir heute früh auf, als ich ihm gegenüber sitze und wir beide im Gesicht des anderen forschen. Gut gelaunt und geistreich, Zuversicht ausstrahlend ist und war er immer in meiner Gegenwart, aber etwas Neues mischt sich in seine Züge. Vielleicht hat es den Hauch von Aufbruchstimmung, so etwas in der Art von *bereit für die zweite Lebenshälfte.*

Und diese beginnt mit einem Neustart.

Im privaten Bereich.

Eben hat er es mir offenbart: Schon bald starte er in einen neuen Lebensabschnitt. In den des geschiedenen Mannes.

Mir hat es die Sprache verschlagen. Gewaltig ist die Neuigkeit und natürlich haben sich bei mir sofort Gedanken in Gang gesetzt, die Enricos Ankündigung vorauseilen. Was wäre, wenn? Hat er gehofft, dass ich euphorisch reagiere? Aus heiterem Himmel ist auf einmal der Zustand da, den ich mir zu Beginn unserer Beziehung heimlich gewünscht habe. Eine gewisse Sehnsucht, die mal stärker, mal schwächer war ... Aber das, was wir jetzt haben, funktioniert. Wir lieben uns. Das ist alles, was zählt. Und es ist wunderbar, dass ich immer noch ein Kribbeln im Bauch habe, wenn ich Enrico sehe, wir uns berühren. Ewiges Verliebtsein und Lieben. Das geht nur mit räumlicher Distanz und in wohlportionierten zeitlichen Dosen. Meine ich. Enrico kennt meine Ansicht dazu. Und jetzt? Es kommt alles so plötzlich.

Von draußen höre ich das Stimmengewirr der Gondolieri, die um Kundschaft buhlen. Wie viele verliebte Paare laufen an den Männern mit den Strohhüten und den blau-weiß gestreiften Hemden vorbei? Frisch Verliebte, immer noch Verliebte, wieder Verliebte?

Sie sind weiterhin da, gestehe ich mir ein, diese geheimen Sehnsüchte. Jederzeit an einen Ort zurückkehren zu können, in der Gewissheit, dass jemand auf einen wartet. Feiertage (und Wochenenden) mit dem Liebsten verbringen, ihn jederzeit anrufen zu können, ohne auf andere Menschen Rücksicht nehmen zu müssen. Nicht nur einen Urlaub, ein paar gestohlene Tage, sondern mehr Zeit miteinander teilen zu können …

Enrico hat nichts weiter gesagt, außer, dass seine Ehe bald geschieden wird, weil seine Frau sich in einen anderen Mann verliebt hat, für den sie frei sein will.

„Nehmen wir mal an“, er umfasst meine Hand und verhakt seine Finger mit den meinen, „du würdest über Nacht dein Gedächtnis verlieren. Würdest du dich noch einmal in mich verlieben?“

Natürlich stellte Enrico diese Frage nicht ohne Hintergrundgedanken. Aber es ist eine gute Frage, finde ich.

„Ja, das würde ich tun!“, antworte ich ihm aufrichtig.

Er ist erleichtert, das sehe ich ihm an. „Ich auch“, sagt er mit einem warmen Lächeln im Gesicht, „auf der Stelle!“

Ich merke, wie mich ein unerwartetes Glücksgefühl durchrieselt. Ohne den Blick von mir zu nehmen, fährt er fort: „Wir gewöhnen uns an den neuen Zustand und schauen dann, wie es mit uns weitergeht. Ich setze dich nicht unter Druck. Ich kann warten, ich denke, das habe ich in den zwanzig Jahren unter Beweis gestellt!“ Wie um seine Worte zu bekräftigen, drückt Enrico meine Hand.

Er ist der Sechser im Lotto. Enrico ist mein Leben.

***Bettina Schneider:** Jahrgang 1968, lebt in Berlin, verheiratet, zwei Kinder, Studium der Betriebswirtschaftslehre, im Anschluss zehn abwechslungsreiche Jahre im Rechnungswesen in der Privatwirtschaft.*

Carnevale d'amore in Venedig

Die Reise nach Venedig sollte für Angelina und mich die endgültige Krönung unserer Liebe werden. Ich freute mich auf den Markusplatz mit seinem weltberühmten Dom, auf die Rialtobrücke und ganz besonders auf die Basilica di Santa Maria della Salute. Am meisten freute ich mich aber, Zeit mit Angelina zu verbringen. Mit ihr wurde jede Stadt zur Stadt der Liebe, völlig unabhängig davon, dass ich persönlich eher Paris als Stadt der Liebe bezeichnet hätte und Rio de Janeiro als Hauptstadt des Karnevals. Angelina sah das natürlich vollkommen anders, immerhin war sie eine stolze Italienerin. Schon vor Reiseantritt war mir klar, dass dieser typische Pärchenurlaub mit ihr alles andere als eintönig werden würde. Ich sollte mehr recht behalten, als ich damals geglaubt hatte.

Bei unserer Ankunft fühlte ich mich in meiner Skepsis gegenüber Venedig bestätigt. Auf den ersten Blick erinnerte Venedig kaum an eine Stadt der Liebe als vielmehr an einen überlaufenen Touristenort – mit sehr vielen Tauben. Ich versuchte, irgendetwas auszumachen, das diese Stadt zu etwas Besonderem machte, aber ich landete irgendwie immer wieder bei den Tauben.

„Und, Julian, habe ich dir zu viel versprochen?" Angelina sah mich verträumt mit ihren nussbraunen Augen an.

„Wirklich ein zauberhafter Ort. Ich bin ganz hin und weg", entgegnete ich und gab mir größte Mühe, vollends überzeugt zu klingen.

„Du bist so ein schlechter Lügner, aber auch dafür liebe ich dich", lachte sie auf. „Glaube mir, es wird nicht lange dauern, bis auch du merken wirst, dass dieser Stadt ein Zauber innewohnt."

Es wäre vergeblich gewesen, ihr zu widersprechen, und ich beschloss, der Stadt eine Chance zu geben. Außerdem fiel es mir leicht, der bevorstehenden Zeit begeistert entgegenzublicken, immerhin hatte ich ein paar wundervolle Tage mit Angelina vor mir.

Wir beschlossen, unser Abenteuer in einem der traditionellen venezianischen Maskenläden zu beginnen. Von außen sah der Laden für mich aus wie jeder andere und innerlich stellte ich mich auf eine der vielen

Touristenabzocken ein. Dennoch musste ich zugeben, dass die Masken äußerst hochwertig wirkten und sehr schön anzusehen waren. Trotz des regen Treibens in dem kleinen Laden blieben wir nicht lange unentdeckt. Angelinas Wirkung hatte mal wieder ganze Arbeit geleistet.

„Na, gefällt Ihnen, was Sie sehen? Ich habe jede einzelne Maske handgefertigt und eigenständig bemalt. Alles, was Sie hier sehen, ist meinem Kopf entsprungen“, sprach uns ein runzeliger kleiner Mann an, der offensichtlich der Eigentümer war.

„Die Masken sind wirklich atemberaubend schön“, reagierte Angelina sofort. Ob das wirklich ihre Meinung war oder ob sie einfach nur höflich sein wollte, vermag ich nicht einzuschätzen. Sie war sehr viel schwieriger zu durchschauen, als ich.

„Ja, wirklich beeindruckend“, ergänzte ich, wobei unsere Lobeshymnen den alten Mann dazu motivierte, zu jeder Maske, die er sah, eine eigene Geschichte zu erzählen.

„Sie sind ja wahrlich ein Meister. Da weiß man gar nicht, welche Maske die schönste ist. Bei all den wunderbaren Einzelstücken müssen wir die Eindrücke erst mal auf uns wirken lassen. Das Schicksal wird uns in den kommenden Tagen zu Ihnen zurückführen und für uns bestimmen, welche Maske wir kaufen werden“, leitete Angelina unseren Abschied ein.

„Jede Maske hat eine Geschichte“, setzte der alte Mann erneut an, sehr zu meinem vermutlich mittlerweile offensichtlichen Leidwesen. „Allerdings wurde mein eigentliches Meisterstück mir gestohlen.“

„Was Sie nicht sagen!“, rutschte es mir eher versehentlich als geplant heraus und ich erntete direkt einen ernsten Blick meiner Angebeteten. Der alte Maskenverkäufer nahm von dem mitschwingenden Unterton der Langeweile keine Notiz und ließ sich in seiner Geschichte nicht beirren.

„Um das Herz meiner Frau zu gewinnen, habe ich ihr die schönste Maske gebaut, die ich jemals hergestellt habe“, fuhr er merklich verträumt fort. „Ich weiß es noch, als wäre es gestern gewesen, wie diese erhabene Dame meinen bescheidenen Laden betrat. Sie spielte definitiv nicht in meiner Liga. Für den Maskenball ihrer Eltern bestellte sie eine Damenmaske in roten und goldenen Tönen. Ich hatte wahrlich ein Meisterwerk erschaffen. Meine Auserwählte wurde an besagtem Abend von jedem bewundert. Sie war davon so ergriffen, dass sie mit ihrer Großmutter, die ebenfalls eine Familie von Maskenverkäufern entstammte, über die Wirkung meiner Maske sprach. Zu ihrem Erstaunen war ihre Großmutter selbst gar nicht davon überrascht, dass diese Maske eine derartige Wirkung hatte. Sie erklärte ihr, dass diesen Effekt nur eine Maske haben konnte, die mit viel Liebe und einem reinen Herzen hergestellt wurde. Das sei der einzige Grund für diese Magie und sei ein längst vergessenes Geheimnis des venezianischen Karnevals. In den richtigen Händen würden diese Masken dafür sorgen, dass sich die Liebenden fänden und die Magie der Liebe versprühten. Ich will es an dieser Stelle abkürzen: Es dauerte nicht lange und wir waren verheiratet."

„Na, das war ja eine tolle Geschichte. Dann ist Ihre Frau sicher noch immer sehr stolz auf Sie. Grüßen Sie sie unbekannterweise von uns. Wir machen uns dann aber wohl jetzt auf den Weg", nahm ich die Beendigung des Gesprächs in die Hand.

„Das ist leider nicht möglich. Sie ist vor fünf Jahren gestorben." Dem Mann lief eine große Träne die Wange herunter. „Die Maske wurde mir bei einem Einbruch gestohlen. Ich werde sie wohl nie wieder in meinen Händen halte. Es bricht mir noch immer das Herz."

„Das tut uns wirklich sehr leid für Sie", übernahm Angelina wieder die Gesprächsführung, was ganz sicher eine gute Idee war. „Lassen Sie sich nur niemals die Erinnerung nehmen, sie erfüllen unsere Herzen und lassen die Vergangenheit bestehen bleiben."

„Ihr Mann wird für Sie auch ganz sicher die richtige Maske auswählen." Der Mann hatte sich offensichtlich emotional wieder gefangen. Ich fühlte mich in meiner ursprünglichen Skepsis bestätigt und wartete darauf, dass er nun dazu übergehen würde, uns seine besten und teuersten Masken zu präsentieren. Während ich noch in meinem vorurteilsbehafteten Gedanken versunken war, hatte der Mann seine Ansprache an uns bereits fortgesetzt.

„Vielleicht findet er sie hier, vielleicht bei einem meiner Kollegen, das weiß man nicht. Im Endeffekt wird die Maske Sie finden. So ist es eigentlich immer, deswegen wäre es ein Verbrechen, wenn ich Ihnen die falsche Maske aufschwatzen würde. So hat es mir mein Großvater beigebracht, der ebenso klug wie die Großmutter meiner Frau war. Er erklärte mir auch, dass eine gestohlene Maske dem Dieb so lange Unglück bringen würde, bis die Maske wieder in den Besitz des Bestohlenen gelangt sei. An diesen Glauben klammere ich mich bis heute."

Wir unterhielten uns noch sehr lange an diesem Tag über unsere wundersame Begegnung. So gesprächig der alte Ladenbesitzer war, so sehr tat er uns auch leid. Wir beschlossen, ihm vor unserer Abreise noch eine kleine Aufmerksamkeit zukommen zu lassen. Wenn wir ihm auch seine Maske nicht zurückbringen würden, könnten wir ihm vielleicht irgendeine andere Art Glücksbringer vor unserer Abreise schenken.

Unsere Suche nach einem passenden Präsent führte uns durch die ganze Stadt, bis wir den Hinweis auf einen gut sortierten Antiquitätenladen erhielten. Wir hatten schon beinahe aufgegeben, da sprach uns ein zwielichtig wirkender Mann an. Sein Gesicht lag im Schatten seiner Kapuze. Er war uns unheimlich, wir hatten aber keine Chance, ihm auszuweichen. Statt einer Drohung folgte zu unserer Überraschung eine Wegbeschreibung: „Ich weiß genau, wonach ihr sucht. Geht bis zu Ende der Gasse und dann durch die morsche Holztür."

Bevor wir uns bedanken konnten, war er auch schon wieder verschwunden. Trotz der merkwürdig und sehr unheimlichen anmutenden Situation folgten wir seinem Rat.

So gelangten wir also tatsächlich zu der morschen Holztür und betraten, ohne zu zögern, den vermeintlichen Antiquitätenladen. Statt in einem Geschäft standen wir nun vor einer älteren Dame, die uns ebenso verdutzt ansah wie wir sie.

„Oh, bitte entschuldigen Sie, Signora, wir waren auf der Suche nach einem Antiquitätenladen", entschuldigte sich Angelina sofort.

„Antiquitätenladen, ja? Tja, so etwas in der Art war das hier wohl mal", antwortete die alte Dame und fuhr fort: „Wobei, Hehlerbude es wohl eher trifft. Mein verstorbener Mann hat hier immer sein Diebesgut als vermeintliche Antiquitäten verkauft. Allerdings kommt ihr mindestens fünf Jahre zu spät. So lange ist er schon tot."

„Das tut uns sehr leid", sprach ich ihr unser Beileid aus.

„Nein, das muss es nicht. Sie haben ihn ja nicht umgebracht. Im Grunde hat er das selbst geschafft. Hätte er doch niemals diese vermaledeite Maske gestohlen. Jeder in Venedig weiß, dass man fortan nur noch Pech haben wird, wenn man einer Verliebten ihre Maske stiehlt."

„Er hat die Maske einer Verliebten gestohlen?", ergriff Angelina sofort die Gelegenheit. „Hat er die Maske denn nicht direkt weiterverkauft, wenn sie ihm nur Unglück gebracht hat?"

„Das hat er versucht, aber jedes Mal war das Ding plötzlich wieder da."

„Warum hat er denn die Maske nicht einfach wieder zurückgebracht?", erkundigte ich mich und Angelinas Blick verriet mir, dass ich mich erneut als nicht sonderlich feinfühlig qualifizierte.

„Ach, Jungspund, das hat er doch versucht. Bis zu seinem Tod. Allerdings wusste er nicht mehr, wo die Maske eigentlich hingehörte."

„Wäre es zu viel verlangt, wenn wir die Maske einmal sehen dürften?", erkundigte sich Angelina.

„Nein, natürlich nicht."

Wenige Augenblicke später hielten wir eine sehr auffällige rot-goldene Maske in den Händen und spürten beide direkt, dass es sich nur um die Maske handeln konnte, die der Maskenhändler uns beschrieben hatte. Ich weiß selbst, wie absurd das klingt, aber wir waren uns beide direkt sicher.

Angelina berichtete der alten Dame von der Geschichte des Maskenhändlers und wie wir den Seelenfrieden ihrer Familien vielleicht wiederherstellen könnten. Sie schien uns überraschenderweise nicht für verrückt zu halten.

„Mein Mann hat es sein Leben lang versucht, die Maske loszuwerden. Ich glaube kaum, dass Sie Erfolg haben werden, aber ich will das Ding sowieso nicht mehr haben, also versuchen Sie ihr Glück."

Nachdem wir uns bedankt hatten, verloren wir keine Zeit und eilten zu dem Maskenladen des alten Mannes. Nach einem sehr langen, kritisch prüfenden Blick sah er uns sehr ernst an. Wenn wir seinen Blick richtig gedeutet hatten, waren wir auf unsere eigene romantische Fantasie hereingefallen. Wie hatten wir auch nur einen Moment glauben können, dass wir tatsächlich das geschafft haben könnten, was ihm nie gelungen war? Wie hätten wir innerhalb so kurzer Zeit seine Maske finden sollen?

„Es tut mir leid. Mir fehlen die Worte. Das ist tatsächlich die Maske. Ich weiß gar nicht, was ich sagen soll."

Wir schauten uns vollkommen erstaunt an, was sich durch den Abschluss des Gesprächs auch nicht änderte, ganz im Gegenteil.

„Ich habe es Ihnen gleich gesagt. Die Maske findet Sie. Ich möchte, dass Sie die Maske behalten und in Ehren halten. Sie ist für Verliebte und gehört nicht mehr zu einem alten Mann. Bei Ihnen ist sie in den besseren Händen."

„Das ist sehr lieb von Ihnen, aber das können wir nicht annehmen, immerhin ist es ihr Erinnerungsstück", sprach Angelina in ruhigem Ton.

„Doch, ich möchte das. Ich habe die Maske als Zeichen der Liebe erschaffen und dafür, dass sie nur Liebenden Glück bringt. Genau das haben Sie verdient. Ich möchte, dass Sie sie behaltet. Indem ich die Maske in guten Händen weiß, habe ich meinen Frieden gefunden und spüre gerade, welche Last von mir fällt."

Es gelang uns nicht, die Maske abzulehnen. Wir haben sie bis heute in unserem Wohnzimmer hängen. Ob sie uns wirklich Glück bringt, können wir nicht sagen, Unglück hat sie uns bisher zumindest nicht gebracht. Was auch immer hinter dieser Verkettung abstruser Zufälle steckt und wer auch immer der Mann mit der Kapuze war: Wir haben Venedig nun beide als magische Stadt der Liebe kennengelernt.

__Pascal Folâtre__ wurde im Jahr 1985 in Hagen geboren. Nach seinem Ausflug an den Rhein, wo er an der Universität zu Köln Volkswirtschaftslehre und Politikwissenschaften studiert hat, lebte er heute wieder in der sauerländischen Ruhrgebietsstadt. Neben der Lust zu schreiben, die für ihn ebenso untrennbar mit der Leidenschaft des Lesens verknüpft ist, trifft man ihn alle vierzehn Tage in einem großen Fußballstadion im Herzen des Ruhrgebietes, wo er mit viel Leidenschaft seinen Lieblingsverein unterstützt.

Silberhochzeitsreise

Gondeln stecken fest
Im Schlamm des Kanalbodens –
Trockengefallen.
Gondolieri sammeln Müll –
Damals war alles anders.

Hannelore Imsande, *geboren 1958, Rentnerin, wohnt in Leer/Ostfries-land.*

Stern meines Herzens

Ich starre aus dem Fenster auf die vorbeifliegende Landschaft und mit jedem Ort und jeder Stadt, die ich wiedererkenne, steigt meine Vorfreude.

Endlich bin ich volljährig und kann zurück nach Venedig. In diese besondere Stadt, in der ich als Kind eine wundervolle Zeit verbracht habe. Bis Mama und Papa sich scheiden ließen. Dann änderte sich alles. Meine Augen brennen bei den Erinnerungen, die auf mich einprasseln. Ich liebe meine Mama, daran gibt es nichts zu rütteln.

Aber mein Papa?

Ihn habe ich schon als Kind verehrt. Er war mein Held, der täglich Abenteuer mit mir erlebte. Mein großes Vorbild! Ich wollte so werden wie er. Doch nach der Scheidung durfte ich ihn nicht mehr sehen. Kein einziges Mal! Noch immer schmerzt meine Brust, wenn ich an unseren Abschied denke. Wir weinten, wollten nicht loslassen und doch gab es kein Erbarmen.

Ich blase die Backen auf und schüttle den Kopf. Nein! All diese traurigen Erinnerungen sollen meine Freude jetzt nicht trüben.

Meine Aufregung steigt, als der Eurocity das letzte Teilstück meiner langen Reise erreicht. Da ist sie: die Lagune von Venedig. Ich presse meine Hände und meine Nase an die Fensterscheibe, um ja nichts zu verpassen. In meinem Bauch kribbelt es vor Freude, als der Zug in den Bahnhof Santa Lucia einfährt.

Eilig raffe ich mein Gepäck zusammen und stehe als Erste am Ausstieg. Der Zug hält und die Türen öffnen sich. Sofort dringt der typische, leicht modrige Geruch der Stadt in meine Nase. Das Kribbeln in meinem Bauch löst sich auf und wird zu tausend Glücksbläschen, die aus mir herausbrechen wollen. Ich steige aus und laufe langsam in Richtung Ausgang. Dabei bleibe ich immer wieder stehen, um tief durchzuatmen. Es riecht nach zu Hause!

Am Anlegeplatz vor dem Bahnhof warten schon die Wassertaxis. Ich kaufe ein Ticket für die Linie 1 und klettere an Bord. Wenige Minuten später legen wir ab und ich genieße die Fahrt in vollen Zügen.

Der Vaporetto fährt nicht sonderlich schnell. So kann ich all die alten Prachtbauten entlang des Canal Grande bewundern. Als wir unter der weltberühmten Rialtobrücke hindurchfahren, winke ich wie alle anderen automatisch den Touristen auf der Brücke zu.

Das Getümmel wird größer, als wir das Bacino di San Marco erreichen. Aufgeregt starre ich nach vorn. Da! Da ist er! Der Markusplatz – oder wie die Einheimischen sagen: der Piazetta. Zusammen mit allen anderen Insassen steige ich aus, packe den Griff meines Trollys und laufe los, bis ich genau dort lande, wo mein Ziel ist: Am Rand einer kleinen Seitengasse befindet sich das Geschäft meines Vaters.

Aufregung und Vorfreude durchfluten mich. Tief durchatmend betrete ich den Laden. Das Glockenspiel über der Tür ist immer noch dasselbe. Hinter dem Tresen richtet sich ein Mann auf, dreht sich um und bleibt wie erstarrt stehen. Seine Augen werden riesengroß und der Mund klappt mehrmals auf und zu. Dann kommt Bewegung in ihn. Mit weit geöffneten Armen rennt er auf mich zu und zieht mich fest an sich. „Stella!"

Immer wieder flüstert er meinen Namen, streicht sanft über mein Haar und mein Gesicht, als ob er es kaum fassen kann, dass ich vor ihm stehe. Tränen sammeln sich in seinen Augen und er zittert am ganzen Körper. „Il mio piccolo tesoro. Mein kleiner Schatz. Ich kann es nicht glauben. Du bist wirklich da!"

Ich nicke nur stumm, denn ich kann gerade nicht sprechen, ohne zu weinen.

Wenig später sitzen wir uns in der kleinen Küche gegenüber und er greift nach meinen Händen. „Ich kann es einfach nicht fassen, Stella. Du. Hier. Bei mir." Er schüttelt den Kopf und lacht leise. „Nie im Leben hätte ich das erwartet, als ich heute Morgen aufgestanden bin. Warum hast du nicht gesagt, dass du kommst?"

„Ich wollte dich überraschen, Papa."

„Na, das ist dir wirklich gelungen." Er strahlt über das ganze Gesicht und sieht einfach nur glücklich aus. Spätestens jetzt bin ich mir ganz sicher, dass es richtig war, hierherzukommen. Sein Blick schweift durch die Türöffnung. „Ich sehe, du hast einiges an Gepäck dabei. Heißt das etwa, du bleibst länger?" Hoffnungsvoll sieht er mich an.

„Si, das würde ich gerne, genauer gesagt …" Ich beiße auf meine Unterlippe und schaue unsicher zu ihm auf. „Ich dachte, ich hatte gehofft …"

Verflixt! Warum war es nur so schwer, die richtigen Worte zu finden? Ein warmes Lächeln erscheint auf seinem attraktiven Gesicht und er drückt meine Hände. „Sprich! Sag es mir einfach, Stella. Es gibt absolut nichts, was du mir nicht sagen könntest."

Ich blase die Backen auf und stoße die Luft ruckartig wieder aus. „Bene! Ich …" Ganz kurz zögere ich, doch dann nehme ich allen Mut zusammen und spreche es einfach aus: „Ich bin gekommen, um zu bleiben."

Er sieht mich ungläubig an. Blinzelt. „Was?"

„Ich will hierbleiben. Hier bei dir. Ich habe so lange darauf gewartet. Bitte sag, dass du mich hier haben willst!"

Plötzlich springt er auf, reißt mich hoch in seine Arme und tanzt mit mir durch den kleinen Raum. „Naturalmente! Che bello! Du bleibst bei deinem alten Vater."

Lachend drücke ich ihn von mir weg und bleibe atemlos mitten im Raum stehen. „Papa! So wie du hier herumwirbelst, zählst du noch lange nicht zu den Alten."

„Das ist nur, weil du da bist, Tesoro. Vorher habe ich mich sehr wohl alt und verbraucht gefühlt."

„Tztztz!" Ich stemme die Hände in die Hüften und starre ihn herausfordernd an. „Von wegen! Das glaube ich ja im Leben nicht!"

Lachend zuckt er mit den Schultern und zwinkert mir verschmitzt zu. In dem Moment sieht er genauso jung und übermütig aus, wie ich ihn in Erinnerung hatte. Ein warmes Gefühl breitet sich in meinem Magen.

„Wie sieht's aus? Hast du noch ein freies Plätzchen hier für mich?"

„Für dich immer! Dein altes Zimmer ist nach wie vor frei. Wenn es dir nicht zu klein ist, kannst du gerne dort einziehen."

Begeistert stimme ich zu.

Nachdem ich all meine Sachen verstaut habe, lege ich mich kurz aufs Bett und schließe die Augen. Ich muss wohl eingeschlafen sein, denn plötzlich klingt Papas Stimme zu mir hoch. „Stella? Kommst du? Pizza ist fertig."

Schnell mache ich mich auf den Weg nach unten. Ein unwiderstehlicher Geruch zieht durch das Haus. Je näher ich der Küche komme, umso intensiver riecht es nach Tomate, Gewürzen und gebackenem Käse. Lecker!

Papa steht mit umgebundener Schürze am Herd und schneidet die dampfende Pizza in handgerechte Stücke. Ich erinnere mich daran, dass er mir mal gesagt hat, echte Pizza müsse man mit den Händen essen. Es wäre eine Sünde, Messer und Gabel dafür zu benutzen.

Automatisch schiele ich zum gedeckten Tisch. Platzsets, Gläser, eine Karaffe mit Wasser und eine mit Wein – und kein Besteck. Alles wie gehabt.

Ich gehe zu ihm und beuge mich nach vorn. Genüsslich atme ich tief das leckere Aroma ein und strecke eine Hand aus, um etwas vom Teigrand abzubrechen. Doch bevor ich ihn erreiche, bekomme ich einen Klaps auf die Hand. Erschrocken zucke ich zurück.

„Hände weg! Du verbrennst dich noch!" Papa wirft mir einen strengen Blick zu. Doch seine Augen verraten ihn. Darin funkelt der Schalk und in den Augenwinkeln kräuseln sich kleine Lachfältchen.

„Schon gut, ich wollte doch nur gucken, ob die Pizza schön knusprig ist."

„Sie ist genauso, wie du sie magst." Er zwinkert mir zu und lädt ein großes Stück auf einen Teller, den er anschließend mir hinhält. Glücklich grinsend greife ich danach und setze mich damit an den Tisch.

Der erste Happen ist bereits in meinem Mund verschwunden, als er sich mit seinem eigenen Teller zu mir setzt. „Und? Zufrieden?"

Ich denke kurz nach und antworte dann in holprigem Italienisch: „Questa pizza dà una pista o due a quella che abbiamo mangiato la settimana scorsa."

Fragend schaue ich zu ihm. „Habe ich das richtig gesagt, dass diese Pizza tausendmal besser ist als die von letzter Woche?"

Er schluckt schnell runter und nimmt einen Schluck aus seinem Glas. „Scusami, das Stück war noch höllisch heiß." Hastig trinkt er noch einen Schluck. „Aber zurück zu deiner Frage. Man merkt, dass du lange kein Italienisch mehr gesprochen hast, aber ja, es war absolut richtig." Er verzieht das Gesicht. „Aber was war das dann letzte Woche?"

Ich winke ab. „'ne typische Tiefkühlpizza halt."

„Was?" Das Entsetzen steht ihm ins Gesicht geschrieben. „Du kannst doch nicht dieses schreckliche Zeug mit einer italienischen Pizza vergleichen!"

Ich kann nicht anders und pruste los. Zwischen den einzelnen Lachanfällen versuche ich, ihm zu erklären, dass ich es niemals wagen würde, die Heiligkeit einer echten italienischen Pizza infrage zu stellen. Dabei verhasple ich mich so sehr, dass wir am Ende beide mit Lachtränen in den Augen auf unseren Stühlen hängen und nach Luft ringen.

„Du lieber Himmel." Endlich bekomme ich wieder etwas Luft. „So gelacht habe ich schon sehr lange nicht mehr."

„Dann wird es Zeit, dass du das wieder mehr tust. Ich werde dich dabei unterstützen."

„Das kann ich mir gut vorstellen. Du hast es schon immer geschafft, mich zum Lachen zu bringen."

Ich atme so tief wie möglich durch und wische mir die letzten Lachtränen weg. Meine Gedanken schweifen ab zu einem anderen Menschen, der es sich auch einmal zur Aufgabe gemacht hatte, mich zum Lachen zu bringen.

Ich nehme meinen ganzen Mut zusammen und frage Papa. „Weißt du, was aus Gino geworden ist?"

„Vielleicht möchtest du ihn das selbst fragen?"

Verblüfft schaue ich Papa an. „Was?"

Ein feines Lächeln umspielt seine Mundwinkel. Er nickt Richtung Hinterausgang. „Geh! Schau nach, ob er draußen ist."

Das lasse ich mir nicht zweimal sagen. Ruckartig schiebe ich meinen Stuhl zurück, stehe auf und laufe mit großen Schritten los.

Mein Herz pocht heftig in meiner Brust.

Gino!

Mein allerbester Freund, seit ich denken kann. Seine Eltern lebten im Haus nebenan und wir benutzten gemeinsam die kleine Fläche Grün zwischen den Gebäuden. Fünf Jahre ist es her, seit wir uns das letzte Mal gesehen haben.

In mir sprudelt und kribbelt alles vor Freude, als ich die Hintertür öffne und hinaus ins Sonnenlicht trete. Auf dem Treppenabsatz bleibe ich stehen und betrachte das Bild vor mir. Der Garten ist viel kleiner, als ich ihn in Erinnerung habe. Doch überall an den Wänden und in den Töpfen blühen farbenfrohe Pflanzen, die die Luft mit ihrem blumigen Aroma erfüllen.

Auf der gegenüberliegenden Seite führt eine kleine, schmale Treppe hinunter zum Canale, wo Papas Gondola festgemacht ist.

Dort, auf der obersten Stufe, sitzt eine Gestalt mit pechschwarzem Haar und schaut nachdenklich auf das dunkle Wasser hinunter. Ich starre den Mann über das Grün hinweg an. In diesem Moment hebt er den Kopf und schaut über die Schulter zurück. Als unsere Augen sich treffen, verschwindet plötzlich alles um mich herum und ich sehe nur noch ihn.

Ganz langsam steht er auf, lässt jedoch keine Sekunde den Blick von mir. Er macht einen Schritt nach vorne und stoppt abrupt. Unglaube, Zweifel und ein Funke Hoffnung fliegen in schnellem Wechsel über sein Gesicht. „Stella!" Mein Name kommt flüsternd über seine Lippen.

Ich bin total überwältigt von all den Gefühlen, die mich durchströmen. Ich ziehe meine Unterlippe zwischen meine Zähne und nicke unsicher. Ob es ihm genauso geht wie mir?

Die Frage beantwortet sich von selbst, als sich sein Gesicht zu einem breiten Lachen verzieht. Oh Gott, sogar die Grübchen hat er noch. Er breitet die Arme weit aus und grinst von einem Ohr zum anderen. „Stellina!" Er benutzt den alten Kosenamen und genau das löst endlich die Starre in mir.

Meine Füße fliegen geradezu die Stufen hinunter und mit einem glücklichen Auflachen werfe ich mich direkt an seine Brust. Sofort schließen sich seine Arme beschützend um meine Schultern, halten mich fest und ich atme tief seinen vertrauten Geruch ein, der selbst nach all den Jahren noch der gleiche ist. Ein bisschen nach Sonne, Espresso und dann dieser ganz eigene Duft, der Gino schon immer eigen war.

„Mia Stellina! Non posso crederci. Sei davvero tu." Lippen berühren mein Haar und sein Atem streicht sacht über mein Ohr.

Ich fühle mich glücklich und frei. Endlich bin ich dort angekommen, wo ich mein Herz vor fünf Jahren zurückgelassen habe: bei Gino!

__Mica Fox__ wurde in Augsburg geboren. Sehr gern verbringt sie mit ihrer großen Familie fast jeden Sommerurlaub in Bella Italia. Schon als Kind fiel sie durch ihre lebhafte Fantasie auf und begann, Geschichten zu schreiben. Bedingt durch ihren vielfältigen Kontakt zu jungen Menschen verpackt sie in ihren Büchern häufig soziale Brennpunktthemen in Liebesgeschichten. Sie schreibt über Mobbing, körperliche und seelische Problematiken sowie über Selbstakzeptanz. Dabei bleibt es trotzdem ihre oberste Priorität, ihre Leser aus dem Alltag zu entführen und in eine neue Welt eintauchen zu lassen. Spannung, Romantik und Liebe sind Emotionen, die den Leser im New Adult und in Belletristik erreichen sollen, sodass er sich als Teil der Story fühlt. Seit 2021 ist sie auf Instagram vertreten und seit Kurzem auch auf TikTok.

Dietro la maschera –
Verborgene Liebe

Marina betrat die renommierte Boutique und drängte sich an den vielen Menschen vorbei, die gerade zu dieser Jahreszeit in Massen auftauchten, um sich die schönsten Karnevalskostüme schneidern zu lassen. Sie erblickte ihre Zia Pina, die hier arbeitete, und trat zu ihr.

„Deine Schwestern können es wohl kaum abwarten", meinte ihre Tante und holte drei wunderschöne Kleider hervor, welche Marina fasziniert betrachtete. Dann jedoch schnaubte sie. „Warum bekommen meine Schwestern solch schöne Kleider?"

Zia Pina seufzte. „Vergiss nicht, dass du die Jüngste bist. Und im Gegensatz zu ihnen hast du noch keinen Verlobten. Also gib dir ein bisschen Mühe und werde erwachsen. Mit deiner Kratzbürstigkeit schreckst du die Männer doch nur ab. Im Übrigen bist du nicht sehr damenhaft."

„Zia, das ist nicht fair. Ich bin es leid, jedes Jahr dieses dumme Kostüm der Bauta tragen zu müssen! So bekomme ich doch nie die Gelegenheit dazu, mich als Dame zu beweisen. Stattdessen werde ich von meinen Schwestern herumkommandiert. Seitdem unser Vater verstarb, liegt es ständig an mir, mich um all die männlichen Tätigkeiten zu kümmern, die anfallen. Alle anderen sind sich dafür zu fein", erklärte Marina.

„Daher solltest du mehr Verständnis für deine arme Mutter aufbringen, die nichts lieber will, als dass ihr alle einen angemessenen Ehemann findet. Deine Schwestern haben es ihren Verlobten zu verdanken, wenn sie schöne Kleider tragen dürfen, die von den Adelsfamilien gestiftet wurden und die es ihnen ermöglichen, an der Prozession teilzunehmen. Du solltest dir mehr Mühe geben, dann findet sich bestimmt auch ein Mann für dich, der dafür Sorge trägt, dass auch du ein edles Kostüm bekommst."

„Ich werde gewiss keinem dieser unausstehlichen und versnobten Junggesellen Venedigs schöne Augen machen, nur um an gewisse Privilegien zu gelangen. Im Gegensatz zu meinen Schwestern widert mich die Arroganz dieser Kerle und ihr Gehabe an. Lieber verzichte ich auf die Unterstützung dieser eingebildeten Adelsfamilien!"

Erschrocken fuhr Marina herum, als ein junger Mann hinter ihr auf-
lachte und sie vergnügt aus grünen Augen neugierig musterte. Offensichtlich hatte er ihr Gespräch verfolgt. Marina wollte ihn gerade zu-
rechtweisen, doch der strenge Blick ihrer Tante warnte sie eindringlich.

„Ich halte offensichtlich deine wohlangesehene Kundschaft auf",
meinte sie daher nur schnippisch, nahm die Kleider ihrer Schwestern
und verließ die Boutique. Sie bemerkte nicht, dass ihr der Blick des
jungen Mannes aufmerksam folgte, bevor er sich Marinas Tante zu-
wendete.

Kurz Zeit später erhielt Marina ein Paket. Ein anonymer Brief war
diesem beigefügt:

Mir scheint, als würdest du dich wie ein hässliches kleines Entchen
fühlen. Dann verwandle dich endlich in den hübschen Schwan, der
du doch bist. Du bekommst hiermit die Chance, es allen zu beweisen.

Marina strahlte, als sie den Inhalt des Paketes erblickte. Gedanklich
dankte sie ihrer Zia Pina für dieses Meisterwerk.

Endlich war die Karnevalszeit eingeläutet und die Piazza San Marco
war überfüllt mit bunt verkleideten Menschen, die zu heiterer Musik
tanzten und lachten. Plötzlich jedoch ging ein überraschtes Raunen
durch die Menge und alle Augen richteten sich auf die geheimnisvolle
Figur, die wie aus dem Nichts erschienen war. Es lag nicht nur an ihrem
edlen Kleid aus champagnerfarbenem Damast und Seide oder an ihrer
goldenen Maske, nein, es war die Ausstrahlung dieser Person, die alle
in ihren Bann zog. Erhaben schritt sie durch die Menschenschar und
jeder wich dabei fasziniert zur Seite, um der Fremden Platz zu machen.
Dann verschwand sie und tauchte auch in den nächsten Tagen nicht
mehr auf.

Erst am Abend des Maskenballs erschien die geheimnisvolle Figur erneut und jeder der anwesenden jungen Männer riss sich darum, mit ihr
zu tanzen. Zwar verbarg die goldene Maske ihr Gesicht, doch bei so viel
Anmut musste eine wahre Schönheit dahinterstecken. Die Unbekannte
tanzte stilvoll und elegant, doch sie bewahrte stets einen gewissen Abstand. Auch redete sie kein Wort und niemand wagte es, diese unsichtbare Grenze, die sie um sich errichtet hatte, zu durchbrechen.

Zu später Stunde verließ Marina unbemerkt den Ball. Es war anstrengend gewesen, diese Maske aufrecht zu erhalten – und dabei handelte es sich nicht um ihre goldene Maske.

„Unglaublich, wie etwas Unbekanntes und augenscheinlich Schönes die Menschen doch in ihren Bann ziehen konnte", dachte sie. Die heimlichen Tanzstunden und all die Tipps ihrer Tante hatten sich auf jeden Fall gelohnt. Marina war stolz auf sich, denn sie hatte in letzter Zeit hart an sich gearbeitet – und allein schon wegen der dummen Gesichter ihrer Schwestern war es all die Mühe wert gewesen. Wenn sie nur wüssten, wer sich hinter der geheimnisvollen Figur verbarg, die ihnen auch heute die Show gestohlen hatte!

Dennoch war Marina all diesen Glamour und diese aufdringlichen Verehrer irgendwann leid geworden. All der Prunk und diese Adeligen waren einfach nicht ihre Welt. Unbemerkt hatte sie den Maskenball verlassen und war durch die engen Gassen geschlendert, bis sie den Anlegeplatz erreicht hatte. Sie stieg die Treppe hinab und kletterte in eine der Gondeln. Dies war eine alte Gewohnheit, die Marina bis heute beibehalten hatte. Auf diese Weise fühlte sie sich ihrem Nonno Gino nah, der ein Gondoliere gewesen war und seine Enkelin oft mitgenommen hatte.

Marina schrak aus ihren Gedanken, als die Gondel kurz schaukelte und sie einen Schatten erkannte, der am anderen Ende der Gondel verschwand. Offensichtlich hatte sie Gesellschaft bekommen.

„Bist du auch auf der Flucht vor all dem Wahnsinn?", drang eine angenehme Stimme aus der Dunkelheit zu ihr.

Unschlüssig überlegte Marina, ob es klug war, sich an diesem abgelegenen Ort mitten in der Nacht mit einem Fremden, den sie nicht einmal richtig sehen konnte, zu unterhalten, doch sie hatte in letzter Zeit viele seltsame Dinge getan, daher entschied sie sich, es zu riskieren, und antwortete: „Nun ja, ich wollte diesen Wahnsinn einmal miterleben, doch nun wurde es mir einfach zu viel. Ich bin zum ersten Mal in eine Rolle geschlüpft, die mir für gewöhnlich völlig fremd ist."

„Ach ja?", kam es interessiert vom anderen Ende der Gondel. „Erzähl."

Marina zögerte, doch dann sprudelte es nur so aus ihr heraus. Und sie erzählte diesem Fremden einfach alles. Als der Mond schließlich hinter einem wolkenverhangenen Himmel hervorkam, hatte der Fremde die Gondel losgemacht und sie waren den Rest der Nacht über das Wasser geglitten, hatten sich unterhalten, gemeinsam gelacht und festgestellt, dass sie sich richtig gut verstanden.

Marina erkannte ihr Gegenüber jedoch erst, als der Morgen dämmerte. Sie schmunzelte, denn ihr Gesprächspartner war als Bauta verkleidet, jenes Kostüm, welches sie all die Jahre getragen hatte. Erst als sie angelegt hatten und aus der Gondel gestiegen waren, fragte Marina: „Willst du mir nicht verraten, wer du bist?"

Der Fremde aber schüttelte den Kopf und meinte: „Es ist Karneval. Lass uns für diese Zeit noch unsere Masken tragen. Ich sehe dich morgen zur Prozession?"

„Zur Prozession?", wunderte sich Marina.

„Nun, ich weiß zufällig, dass du von einer Adelsfamilie auserwählt wurdest und eine der zwölf jungen Frauen sein wirst, die an der Prozession teilnehmen."

„Nein, das kann nicht sein!", widersprach Marina. „Ich …"

Doch der Fremde war mit einem Mal im Morgennebel verschwunden. Verwirrt schaute Marina sich noch ein letztes Mal um, dann ging sie gedankenversunken nach Hause. Wer sollte denn ausgerechnet sie unterstützen? Und warum? Nach altem Brauch wurden die zwölf schönsten jungen Frauen Venedigs von den Adelsfamilien für die Prozession auserkoren, um diese anzuführen. Sie finanzierten die edlen Kleider ihrer Schützlinge und kamen später auch für die Kosten ihrer Hochzeit auf. Das war Tradition.

Ihre Schwestern würden ebenfalls an der Prozession teilnehmen. Das hatten sie ihren dummen Verlobten aus gutem Hause zu verdanken. Marina aber war nicht verlobt und hatte keine Verbindung zu irgendwelchen Adeligen. Es ergab daher gar keinen Sinn, dass eine aristokratische Familie hinter ihr stand und sie für die Prozession auserwählt hatte. Was hatte der Fremde also gemeint? Konnte es sein, dass …

Erschrocken betrachtete sie ihr Kleid. Sie hatte sich ständig gefragt, woher ihre Tante diese kostbaren Stoffe hatte. Immer wenn sie Zia Pina darauf angesprochen hatte, war diese dem Thema ausgewichen. Hatte sie es etwa im Auftrag einer Adelsfamilie angefertigt? Aber weshalb hatte sie Marina dies verschwiegen? Es half alles nichts. Um dieses Rätsel zu lösen, musste sie wohl oder übel an der Prozession teilnehmen.

Marina bemerkte die Blicke der anderen elf Frauen, die sie abschätzig musterten, als sie als Letzte zu ihnen stieß. Die Prozession startete von San Pietro di Castello, folgte der via Garibaldi und Riva degli Schiavoni, bis sie Piazza San Marco erreichte. Ständig hielt Marina Ausschau, ob sie denn irgendwo den geheimnisvollen Fremden erblickte. Doch das Kostüm der Bauta war offensichtlich sehr beliebt. Viele trugen die typische weiße, mundlose Maske, waren in schwarze Umhänge gehüllt und hatten ihre Häupter mit einem Dreispitz bedeckt. Marina war so sehr in Gedanken versunken, dass sie nicht einmal mitbekommen hatte, dass sie plötzlich auf der Bühne standen und von einem Mann begutachtet wurden, welcher dem Kostüm nach zu urteilen den Dogen von Venedig darstellte.

Nun war er vor Marina getreten und musterte sie streng. „Mädchen, du musst die Maske nun absetzen", erklärte er. „Und wo ist deine Begleitung?"

Mit Entsetzen bemerkte Marina, dass sich elf junge Männer zu den Frauen gesellt hatten, um den traditionellen Ball zu eröffnen.

„Hier bin ich!", erklang eine bekannte Stimme.

Überrascht drehte sich Marina um und erkannte ihren Bauta.

„Du bist tatsächlich hier?", wunderte sie sich.

„Du ja auch", antwortete er amüsiert.

„Setzt die Masken ab", wiederholte der Doge. „Das gilt auch für dich", richtete er sich an Marinas Begleitung.

Dieser tat, wie ihm geheißen. Grüne Augen strahlten Marina an und sie erkannte ihn sofort. Diese funkelnden Augen, das schelmische Grinsen und dieses verflucht schöne Gesicht hatte sie einfach nicht vergessen können. Doch nicht nur Marina schien ihr Gegenüber erkannt zu haben, denn ein überraschtes Raunen ging nun durch die Menschenmenge.

„Du bist der Kerl aus der Boutique?", meinte Marina fassungslos und wurde sogleich wütend vom Dogen angefunkelt.

„Dieser junge Mann ist Francesco Contarini und er gehört zu einer unserer wichtigsten Familien hier in Venedig! Und nun fordere ich dich zum letzten Mal auf, die Maske abzunehmen!"

Langsam folgte Marina der Aufforderung. Es war ihr so unglaublich peinlich. Kaum dass sie ihre Maske abgenommen hatte, folgte ein erneutes Raunen genauso wie ein überraschter Aufschrei, der von drei weiteren Teilnehmerinnen kam, welche die Fremde soeben als ihre Schwester erkannt hatten. Eine Schwester, wie sie sie noch nie zuvor wahrgenommen hatten, denn Marina war wunderschön. Doch Marina hatte all dies kaum wahrgenommen, da sie bereits die Flucht ergriffen hatte. Es war alles zu viel! Weit kam sie aber nicht, denn plötzlich wurde ihr Handgelenk gepackt, sodass sie zurückschleuderte und gegen eine starke Brust prallte. Grüne Augen schauten sie diesmal flehend an.

„Renn nicht weg vor mir", bat Francesco.

„Du steckst hinter der Adelsfamilie, die mir das alles ermöglicht hat, nicht wahr? Das Kleid, die Prozession …"

„Und du bist ein wunderschöner Schwan geworden."

„Aber das bin nicht ich!"

„Ich weiß, doch ich kenne dein wahres Ich. Ich habe mich in die Frau auf der Gondel verliebt", gestand Francesco.

„Wirklich?", fragte Marina verblüfft.

„Ja."

„Nun", meinte sie zögerlich. „Ich habe mich in den Fremden verliebt, der sich hinter der Maske einer gewöhnlichen Bauta verborgen hat."

„Denkst du, du kannst damit klarkommen, dass dieser Fremde ein Contarini ist?"

Marina lächelte. „Ich werde es wohl versuchen." Dann küsste sie Francesco, bevor sie in der jubelnden Menschenmenge untertauchten.

Pamela Murtas *wurde 1975 in Frankfurt-Höchst geboren, lebte jedoch seit ihrem zehnten Lebensjahr in Italien, wo sie an der Deutschen Schule Mailand ihr Abitur absolvierte. Nach drei Jahren Moskauaufenthalt kehrte sie nach Italien zurück, um in Rom professionellen Reitsport zu betreiben. Seit 2007 wohnt sie erneut in Deutschland. Veröffentlicht hat sie bisher den vierteiligen Abenteuerroman „Destini", außerdem weitere Kurzgeschichten und Gedichte in verschiedenen Anthologien.*

Märzwind

Schon wieder hatte sie Tränen in den Augen, die sie wegzublinzeln versuchte. Es würde nicht das letzte Mal sein auf dieser Reise. Beim ersten Mal war sie gerade aus dem Zug ausgestiegen und stand mit ihrer Reisetasche vor dem Bahnhof vor Venedig. Der Anblick des Canal Grande mit seinen Booten, die Silhouette der Kirche San Simeone Piccolo auf der anderen Seite und vor allem der typische Geruch, diese leicht modrige Feuchtigkeit Venedigs hatten die Erinnerungen über ihr ausgegossen wie ein Platzregen. Aber genau deshalb war sie hergekommen.

Sie schauderte im kalten Märzwind, während sie aus dem Fenster des Vaporetto blickte, der sie an die Spitze der Halbinsel Dorsoduro brachte. Dort checkte sie in das kleine Hotel ein, das es wider Erwarten immer noch gab. Inzwischen hätte sie sich eine gediegenere Unterkunft leisten können, aber hier hatte sie auch vor vierzig Jahren übernachtet.

Nach dem Abendessen machte sie noch einen Spaziergang zu Santa Maria della Salute. Von dort aus sah sie hinüber zu den blinkenden Lichtern, dorthin, wo im Dunkeln die Kirche San Marco mit dem Dogenpalast, dem Campanile und der Piazza lag. Irgendwie hatte sich in Venedig nichts verändert – und doch alles.

Auch damals war sie allein hergereist, fest entschlossen, sich mit ihren paar Brocken Italienisch durchzuschlagen und nicht als typische Touristin aufzufallen.

Mit wackeligen Beinen war sie aus dem Traghetto ausgestiegen, der sie auf die andere Seite gebracht hatte. Staunend, mit großen Augen und offenem Mund, hatte sie dagestanden und die Schönheit und den Charme Venedigs in sich aufgesogen. Ihr erstes Ziel war *Harry's Bar*, hier wollte sie ihren ersten Drink in Venedig, natürlich einen Bellini, zu sich nehmen.

Das Gebäude war unscheinbar und strahlte, wie alle Gebäude Venedigs, diesen morbiden Charme aus mit seinen sichtbaren Spuren einer langen Vergangenheit, aber vor allem einer ständig hohen Luftfeuchtigkeit und häufigen Überschwemmungen. Die Tür hingegen wirkte sehr gediegen und vermittelte den Eindruck, dass dahinter nur ausgesuchtes Publikum zu finden war. Unschlüssig blickte Hannelore auf die senkrecht angebrachten Metallgriffe, die von den Sichtfenstern mit dem selbstbewussten Schriftzug *Harry's* eingefasst wurden, und zupfte ihren grauen Mantel zurecht. Plötzlich wurde sie unsanft zur Seite gestoßen.

„Entschuld…, ach nein, ich meine scusa, äh also … scusi", stammelte der junge Mann mit den kurzen dunklen Locken, der seine Brille hochschob und die Hand mit dem Stadtplan, den er vor der Nase hatte, sinken ließ.

Hannelore rückte ihren Rucksack gerade und kontrollierte unauffällig, ob der Brustbeutel mit ihrem Geld noch unter ihrer Jacke hing. „Nichts passiert", sagte sie dann. „Sind Sie Deutscher?"

Enttäuschung machte sich auf seinem Gesicht breit. „Woran haben Sie das gemerkt?"

„Sie haben Deutsch geredet." Sie versuchte, sich das Grinsen zu verkneifen.

„Ich? Ach …"

Er sah so hoffnungslos verwirrt aus, dass Hannelore laut lachen musste, nach einigen Sekunden stimmte er ein. „Ich bin Georg", sagte er dann und streckte ihr seine Hand entgegen.

Sie ergriff sie und registrierte seinen festen, angenehmen Händedruck. „Hannelore."

Georg sah zu der Tür, vor der sie standen. „Wollen Sie hier rein? Einen Bellini trinken?"

Ertappt nickte Hannelore. Nun war ihr erster Kontakt in Venedig durch eine selbst für Venedigs Verhältnisse klischeehafte Touristenattraktion entstanden.

„Tun Sie das nicht. Ein Bellini kostet elftausend Lire."

Hannelores Augen wurden rund und sie strich sich eine Haarsträhne hinter das Ohr, während sie in Gedanken ihr Reisebudget durchging. „Das sind ja elf Mark! Für ein Glas?"

Georg nickte.

„Oh", machte Hannelore und trat einen Schritt zurück. „Dann … na ja, vielen Dank für die Info." Sie wandte sich ab, um zum Markusplatz zu gehen.

„Wollen wir … Sind Sie auch allein hier?" Georg hob die Hand mit dem Stadtplan. „Hätten Sie vielleicht Lust, einen Kaffee mit mir zu trinken?"

Hannelore überlegte kurz und lächelte dann. „Okay."

Sie kamen nicht weiter als bis zur Ecke der Markusbibliothek, dann trieb der kalte Märzwind, der von der Lagune hereinwehte, sie in die Gelateria *Al Todaro*.

„Jetzt brauche ich einen heißen Kaffee", meinte Hannelore und rieb ihre klammen Hände.

Georg nickte und winkte weltmännisch. „Duo caffè", rief er durch den Raum.

Als der Kellner kurze Zeit später zwei winzige Tässchen mit je einer Pfütze Kaffee darin vor sie stellte, sahen sie sich erstaunt an.

„Das ist jetzt aber ein Expresso und kein Kaffee", meinte Georg.

Hannelore zuckte mit den Schultern. Sie wollte ihren Urlaub nicht mit einem Streit über Kaffee anfangen. Wenn der Kellner ihnen den Expresso nicht wie einen richtigen Kaffee berechnete, sollte es ihr recht sein. Zu ihrer Erleichterung stimmte Georg zu.

Auf dem Weg zum Ausgang des Cafés spürte sie plötzlich eine Hand im Rücken, die sie sanft leitete. Wärme durchströmte sie, die bis in ihr Gesicht hochstieg und sie leicht erröten ließ. Unter den Wimpern sah sie zu Georg hoch, der ihr mit der anderen Hand die Tür aufhielt und dem Kellner im Hinausgehen über die Schulter „Arrivederciao" zurief.

Nach ein paar gemeinsam zurückgelegten Schritten löste Georgs Hand sich und die feuchte Kälte Venedigs brachte Hannelore dazu, ihren Mantel erneut enger um sich zu ziehen. Sie sahen sich an und prusteten gleichzeitig los. Dass dieser Kellner ihnen statt des bestellten Kaffees einen Expresso serviert hatte, war einfach zu köstlich. Hannelore wischte sich die Lachtränen aus den Augen und holte tief Luft. Sie sah hoch und traf auf Georgs Blick aus seinen dunkelbraunen Augen. Die Zeit blieb stehen und die Stadt und selbst der kalte Wind hörten für eine Sekunde auf zu existieren. Georgs Mundwinkel verzogen sich zu einem Lächeln und sie konnte nicht anders, als zurückzulächeln.

„Gehen wir?"

Hannelore nickte. Sie beschlossen, Venedig gemeinsam zu erkunden.

Ab da hatten sie fast alles gemeinsam gemacht, vierzig Jahre lang. Auch den Italienischkurs an der Volkshochschule, in dem ihnen so einiges klar wurde. Hannelore wollte zunächst schier im Boden versinken vor nachträglich empfundener Peinlichkeit, aber Georg kultivierte ihre alten Fehler regelrecht. Besonders das *Arrivederciao* konnte er sich auf keiner ihrer folgenden zahlreichen Italienreisen verkneifen.

Und dann war vor drei Monaten ihre Mutter gestürzt. Hannelore war nach Norddeutschland gereist, wo ihre Mutter lebte, seit sie Rentnerin war, um ihr beizustehen. Glücklicherweise hatte sie keine größeren Verletzungen davongetragen, doch die Wohnung musste auf den Prüfstand gestellt und an die Bedürfnisse des Alters angepasst werden. Georg hatte einen wichtigen beruflichen Termin und versprach, in zwei Tagen nachzukommen.

Nie würde Hannelore den Tag vergessen, als der Anruf kam. Georg war zusammengebrochen und lag im Krankenhaus. Wie betäubt stand sie neben ihrer Mutter und umklammerte das Telefon. Dann suchte sie ihre Sachen zusammen und brach nach Hause auf.

Sie kam zu spät.

Er war nicht mehr da.

Seinen Körper konnte sie noch sehen, doch diese Hülle, die da lag, im feinen Anzug, den Georg gehasst hatte, enthielt nichts als Leere. Der Georg, mit dem sie gelacht, gestritten und gelebt hatte, war nicht mehr da.

Und sie hatte ihn in seinen letzten Momenten allein gelassen.

Das war das Schlimmste. Das Alleinsein, die Stille in der Wohnung, das fehlende Gegenstück – das allein drohte ihr an manchen Tagen die Luft abzuschnüren. Aber dass sie sich nicht von ihm verabschieden konnte, das war es, was sie vor allem anderen zu zerbrechen drohte.

Am nächsten Morgen packte Hannelore ihren Rucksack und machte sich auf den Weg. Vor *Harry's Bar* konnte sie vor Tränen kaum noch etwas erkennen. Eine elegant gekleidete Frau in einem roten Mantel mit einem Kind an der Hand, das Hannelore interessiert musterte, blieb stehen. Bevor die Frau etwas sagen konnte, stammelte Hannelore: „Ricordi, ricordi", Erinnerungen, und zog ihren Mantel enger um sich. Die Frau nickte und ging weiter, das Mädchen, das sich nach Hannelore umwandte, hinter sich her ziehend.

Hannelore sah auf die Tür, die ein wenig mitgenommener wirkte als damals, auf das Haus, das in der Zwischenzeit bestimmt gestrichen worden war und trotzdem Spuren von Verfall zeigte. Sie hatte vorher im Internet nachgeschaut, ein Bellini kostete inzwischen fünfundzwanzig Euro. Sie trat zur Seite und musste unter Tränen lächeln. „Fünfzig Mark für ein Glas", dachte sie kopfschüttelnd und wandte sich ab.

Vor der Gelateria *Al Todaro* wischte Hannelore sich die Tränen ab und schnäuzte sich. Sie wollte nicht wie das heulende Elend eintreten und presste die Lippen zusammen. Zeit und Raum für Tränen waren anderswo. Hier nicht. Hier war der Platz für schöne Erinnerungen. Hier wollte sie in der Zeit zurückreisen.

Ihre Hand am Türgriff zitterte leicht, als sie den weitgehend leeren Raum betrat. Der Tisch von damals war frei und sie setzte sich. Kurz dachte sie darüber nach, duo caffè zu bestellen, aber das war ihr dann doch zu peinlich. Der junge Kellner, der den bestellten caffè in der kleinen Tasse brachte, sah ihr kurz forschend ins Gesicht, sagte aber nichts außer „Prego!", wofür Hannelore ihm dankbar war.

Sie schloss die Augen und nahm den Duft des dunklen Espressos in sich auf. Vor ihrem inneren Auge entstand Georgs Gestalt. Er saß mit ihr am Tisch und sah ihr in die Augen. Sie lächelten sich an, sie hob die Tasse an die Lippen und trank langsam, mit geschlossenen Augen und war kurz im Jahr 1983. Als sie die Augen öffnete, saß sie wieder allein an ihrem Tisch. Sie blinzelte, seufzte leise, legte das Geld für den Espresso neben die Tasse und erhob sich.

Kurz bevor sie die Tür erreicht hatte, hörte sie, wie jemand „Arrivederciao" sagte. Sie wandte sich um und der Kellner hinter dem Tresen winkte ihr zum Abschied zu. Sie hob ebenfalls kurz die Hand und ließ sie wieder sinken. Plötzlich spürte sie eine wohltuende Wärme im Rücken, die von dort aus ihren gesamten Körper durchströmte. Sie wandte sich erneut um, doch der Kellner hatte sich inzwischen abgewandt und auch sonst war niemand in ihrer Nähe. Sie schluckte und öffnete die Tür. Draußen holte sie tief Luft und lächelte.

„Arrivederciao, Georg", flüsterte sie.

***Sarina Stützer:** Geboren wurde sie am Niederrhein (1966), studiert hat sie in München (Kunstgeschichte), den Bergischen Literaturpreis gewonnen in Wuppertal (1999). Seit 24 Jahren schlägt sie sich freiberuflich schreibend und lesend durchs Leben.*

Venedig mit Deinen Augen

So viel Himmel
in Deinen Augen

und das Wasser
trägt uns fort

Brücken verknüpfen
Ewigkeit mit Liebe

Ich male
mir den Tag

mit Deinen Träumen

während der Gondoliere
uns ins Weite führt.

Welle hüpft über Welle

Ich blicke staunend darauf

und spiegle mein Lächeln

in die Nacht.

Luitgard Kasper-Merbach, geboren 1958 in Bad Schussenried, verheiratet, drei Söhne; Tochter des Kunsthistorikers und Verlegers Dr. Alfons Kasper, schreibt seit ihrer Kindheit Gedichte und Prosa, zahlreiche Veröffentlichungen in Anthologien, sieben Bücher, zuletzt „Farbentage", 2019, einige Literaturpreise.

Lebe – Liebe – Lache

Wahrscheinlich sollte ich in meinem Zustand kein Fahrrad fahren, wahrscheinlich sollte ich meinen Zustand auch kein Zugticket lösen und einfach losfahren. Wahrscheinlich sollte ich vernünftig sein. Alles überdenken. Darüber reden. Diskutieren. Wahrscheinlich sollte ich das alles. Wahrscheinlich würden das alle von mir erwarten. Reden. Lösungen finden. Probleme besprechen. Nicht einfach davonlaufen.

Wie oft hatte ich das anderen geraten. Redet. Wie oft hatte ich das gesagt. Und wahrscheinlich sollte ich auf meine eigenen guten Ratschläge hören. Wahrscheinlich sollte ich vernünftig sein. Mich beruhigen. Rational denken. Doch dazu fehlt mir im Moment einfach die Vernunft. Die ist nämlich zusammen mit meinem Freund – nein, ich sollte mich korrigieren, meinem Ex-Freund, wie er betonte – ausgezogen. Einfach so. Ohne Vorwarnung. Als ich von der Arbeit kam, war die Wohnung fast leer geräumt, er stand im Wohnzimmer, eine andere Frau an seiner Seite. Das alles hätte ich noch verkraftet. Doch unter dem T-Shirt der Frau wölbte sich ganz eindeutig ein Babybauch. Ein Babybauch! Das konnte nicht sein Ernst sein. Da gab es nichts mehr zu reden. Nichts mehr zu diskutieren. Nichts mehr zu verzeihen. Genug war genug.

Ich hatte nicht mal geschrien, als er ging. Ich stand einfach nur da. Regungslos. Fassungslos. Wie konnte das passieren? Wollte ich das wirklich wissen? Nein! Flucht. Das war das Einzige, was ich wollte. Weg hier. Weg aus der Wohnung. Weg aus diesem Leben. Weg aus dem Leben, dass er für mich gewählt hatte.

Nach zwei Stunden und – wo bin ich überhaupt? – komme ich wieder zu mir. Fasse den ersten klaren Gedanken an diesem Tag und beschließe, wieder zurückzufahren. Denke nach. Sei vernünftig. Wie oft hatte ich das Freunden nach einer Trennung geraten. Weglaufen bringt nichts. Halte dich an deine eigenen Worte. Halte dich daran fest. Du musst tapfer sein. Du musst stark sein. Wohnung kündigen. Kisten packen. Umzug. Was sind die nächsten Schritte? Wie oft habe ich diesen Satz zu Freunden gesagt. Was ist der nächste Schritt. Immer einen nach dem anderen.

Ich greife zum Handy. Doch wen soll ich anrufen? Der einzige Mensch, mit dem ich immer über alles reden konnte, ist weg. Weg mit einem Babybauch. Einfach so weg. Mit wem soll ich jetzt reden? Wer versteht mich?

Ein Schritt nach dem anderen. Der erste muss sein, ein Zug. Zurück in die Stadt. Zurück nach Venedig. Venedig. Ich war nur seinetwegen nach Venedig gegangen. Großstadt. Möglichkeiten. Er hatte davon geschwärmt. Seine Möglichkeiten kannte ich nun ja. Eine Babybauch-Frau finden und mich allein zurücklassen. Alleine. Wie das klang. Einsam. Verloren. Als die Worte durch meinen Kopf gehen, atme ich tief durch. Nein! Ich bin nicht verloren. Ich bin nicht einsam – auch wenn ich mich im Moment ganz alleine fühle.

Was ist der nächste Schritt? Fahr zurück. Kümmere dich. Nicht aufgeben. Ich steige in die Bahn und fahre zurück. Zurück in die Stadt. Nicht weinen. Nur nicht weinen. Und doch laufen mir zwei Tränen über die Wange. Ich wische sie mit der Hand weg. Aus dem Augenwinkel erkenne ich, dass mir ein Taschentuch gereicht wird. Ich nehme es dankbar an. Ja, ich bin hilfsbedürftig. Wie ein kleines Kind. Verloren. Traurig. Auf der Suche. Ich schaue hoch, um zu sehen, wer mir das Taschentuch gereicht hat. Es ist ein Mann. Er lächelt. Setzt sich mir gegenüber. Ich will jetzt keinen Small Talk. Ich will jetzt nicht reden. Aber sein Lächeln ist ansteckend und so huscht auch über mein Gesicht ein kurzes Lächeln. Flirte ich? Nein. Das kann nicht sein. Das ist kein Flirt. Es ist nur ein Lächeln. Seinen Namen bekomme ich kaum mit, er schreibt mir seine Handynummer auf, dann geht er zur Tür.

Was war das? Männer. Das ist nicht fair. Ich stehe auf und laufe ihm hinterher. Tippe ihm auf die Schulter und lächele. Er schaut mich an, sagt nichts, macht nichts. Er steht einfach nur da. Dann umarme ich ihn. Verdammt, ich flirte ja doch. Oder brauche ich nur das Gefühl, nicht alleine zu sein? Das Gefühl, geliebt zu werden? So etwas habe ich noch nie in meinem Leben gemacht. Einfach so einen Mann umarmen, den ich gerade in der Bahn kennengelernt habe – eigentlich ist kennenlernen etwas viel gesagt, wir haben ja kein Wort gesprochen. Und doch tut es gut, ihn einfach nur in den Arm zu nehmen.

Er lächelt und küsst mich auf die Wange, dann verabschiedet er sich. Zurück bleibe ich mit seiner Handynummer. Was für ein Mann. Und in dem Moment wird mir klar, was ich meinen Freunden immer geraten habe. Das Leben geht weiter. Es endet nicht mit einer Trennung.

Es geht weiter. Lebe. Und das werde ich tun. Flirten. Leben. Lieben. Es gibt genug Männer zum Anknabbern in dieser Stadt und ich werde mein Leben sicher nicht damit vergeuden, einem Mann hinterherzutrauern, der keine meiner Tränen wert ist. Und schon gar nicht so lange ich in der Stadt der Liebe lebe.

Christina Reinemann *wurde 1982 in Kassel geboren. Sie studierte Geschichte, Psychologie und Chemie an der Universität Oldenburg. In den Jahren 2011 bis 2014 veröffentlichte Christina Reinemann im Selbstverlag die Bücher „Die Tote im Audimaxx", „Der Tote im Hafen" und „Das Geheimnis der Familie Hansen". Ihre Kurzgeschichte „Schokoladenliebe" wurde 2013 mit dem Holzhäuser Heckethaler ausgezeichnet. Im selben Jahr wurde auch ihr Beitrag „Amt nicht gesagt" für die Anthropologie zur HomBuch ausgewählt.*

O sole mio

Ich bin froh, dass der Zug mit über einer Stunde Verspätung nun endlich im Bahnhof meiner Heimatstadt einfährt. Ich bahne mir einen Weg zur Tür, steige aus und gehe den Bahnsteig entlang. Da kommt eine ältere Dame mit zittrigen Schritten direkt auf mich zu, nimmt mich in den Arm und sagt, dass sie sehr froh ist, mich – ihren Lorenzo – endlich wiederzusehen.

Ich will mich dagegen wehren – ich kenne die Frau nicht, weiß nicht, wer sie ist und was sie von mir will, aber ich merke, dass irgendetwas nicht stimmt. Ich sehe mir die Frau näher an und erkenne an ihrem Arm ein Band mit den Angaben der nahe gelegenen Seniorenresidenz. Die Dame heißt Elisabeth und scheint an Demenz zu leiden, zumindest weiß ich, dass die Residenz auf diese Krankheit spezialisiert ist. Ich gebe mich der Situation geschlagen, weil ich Elisabeth zurück in die Residenz bringen möchte. Ich tue kurzerhand so, als ob ich ihr geliebter Lorenzo bin.

Wir setzen uns auf die Wartebank am Bahnsteig und ruhen uns aus. Nach einigen Minuten der Stille zieht Elisabeth einen Venedig-Bildband aus ihrer Tasche – beim Anblick der Fotografien sprudeln die Worte nur so aus ihr heraus.

„Ich weiß noch genau, wie es damals war. Damals, als wir alles dafür getan habe, um in das entfernte Italien zu reisen. Unser ganzes Leben hatten wir Sehnsucht nach den mediterranen Süden und Venedig, die Stadt der Liebe. Vor drei Jahren fiel die Mauer, wir haben unsere Koffer gepackt, sind ins Flugzeug gestiegen und ließen uns die Freiheit nicht mehr nehmen. Es war ein Sommer, der unser Leben für immer veränderte. Du bist und bleibst der Mann meiner Träume. Ich liebe dich, Lorenzo.“

Elisabeth schenkt mir ein zauberhaftes Lächeln, streichelt über meine Wange und erhebt sich von der Bank. Sie sagt, dass wir nach Hause gehen sollten, weil unsere Tochter schon sehnsüchtig auf uns wartet. Ich lasse sie in meinen Arm einhenkeln und wir spazieren Richtung Seniorenresidenz.

Elisabeth erzählt auf dem ganzen Weg fröhlich weiter und ich lausche ihren Worten.

„Weißt du noch, wie wir Hand in Hand über die Piazza San Marco spazierten. Wir tranken einen frischen Latte macchiato in diesem kleinen Caffè mit Blick auf den Campanile. Nur für dich trug ich mein schönstes Kleid, rot, mit Spitze und Perlen besetzt. Ich fühlte mich wie eine Prinzessin. Später kamen wir am Opernhaus Teatro La Fenice vorbei und du erzähltest mir, dass du Karten für die Aufführung von La Traviata besorgt hattest. Es war mein Lieblingsstück von Giuseppe Verdi. Ein Stück voller Liebe, Macht und Luxus. Am nächsten Tag hast du mich direkt an den Canal Grande entführt. Dort wartete eine himmlisch geschmückte Gondel nur auf uns beide. Wir stiegen ein, lehnten uns zurück und ließen uns über die venezianischen Wasserstraßen chauffieren. Der Gondoliere sang mit lebhafter Stimme *O sole mio*. Kurz vor der Rialtobrücke bist du aufgestanden, gingst vor mir auf die Knie und fragtest mich, ob ich deine Frau werden wollte. Mein Blick war starr und ich wusste nicht, was geschah, konnte mein Glück kaum fassen und über meine Lippen kam einfach nur ein Ja. Es folgte ein Abend, den ich nie vergessen werde. Wie verliebte Teenager liefen wir bis zum Hotel, die Fahrt mit dem Aufzug dauert viel zu lange, wir küssten uns ununterbrochen. Es war die schönste Nacht unseres Lebens. Es war die Nacht, in der unsere Tochter entstand.“

Inzwischen laufen mir leichte Tränen über die Wangen, da mich die Erzählungen der älteren Dame sehr berühren. Ich überlege nicht lange und gebe ihr einen flüchtigen Freundschaftskuss auf die linke Wange.

Vor uns erscheinen die Tore der Seniorenresidenz. Wir wollen gerade die Stufen zur Eingangstür hinaufsteigen, da öffnet sich die Tür und eine Pflegerin stürmt heraus. Die Pfleger und Bewohner hatten Elisabeth bereits überall gesucht und sind nun froh, dass sie wieder zurück ist.

Die Pflegerin bringt Elisabeth auf ihr Zimmer und erklärt ihr, dass es für heute schon spät und morgen ein neuer Tag sei, an dem ich, ihr Lorenzo, zu Besuch kommen könne. Ich winke der Dame zum Abschied zu und ihr Gesicht beginnt zu strahlen.

Nachdem die Pflegerin zurück ist, erklärt sie mir, dass Elisabeth nie wieder Besuch von ihrem echten Lorenzo bekommen wird. Bereits 2001 ist er bei einem Autounfall ums Leben gekommen, das Einzige, was er zurückließ, waren seine kleine Tochter und seine Frau Elisabeth.

Seit inzwischen drei Jahren leidet sie an einer fortschreitenden Demenz und lebt in der Vergangenheit. Ihre Tochter wohnt in Hamburg und kommt nur selten zu Besuch. Doch nie könnte Elisabeth ihre große Liebe vergessen.

Erinnerungen bleiben für immer, auch wenn sie zunehmend jeden Tag mehr verblassen – sie weiß nicht mehr viel, vergisst den Namen ihrer Tochter und erkennt sich morgens im Spiegel selbst nicht wieder. Aber ihren Lorenzo wird sie nie vergessen und sieht seine Silhouette jeden Tag in jemand anderem wieder. Die Erlebnisse ihrer Venedigreise haben sie so sehr geprägt, dass jedes noch so kleine Detail, trotz der wirren Gedanken, immer noch vorhanden ist.

Ein Kloß in meinem Hals erlaubt mir keine Regung. Das Schicksal von Elisabeth berührt mich so sehr, dass ich mich entscheide, von nun an jede Woche in die Seniorenresidenz zu gehen.

Ich setze mich oft mit Elisabeth in den Garten auf eine Bank, nehme sie in den Arm und summe leise die Melodie von *O sole mio* – dabei leuchten ihre Augen jedes Mal mehr.

Julia Kohlbach wurde 1995 in Thüringen geboren. Nach erfolgreichem Studium der Bibliotheks- und Informationswissenschaft arbeitet sie als Bibliothekarin. Wenn sie sich nicht gerade dem Kreativen Schreiben widmet, geht sie wandern, arbeitet im Garten oder fertigt Handarbeiten an. Erste Veröffentlichungen erfolgten im Online-Magazin KKL und in diversen Anthologien, unter anderem „Liebesgrüße aus Napoli" (2022), „Das Rad der Zeit ... ein Stück Ewigkeit" (2022) und „Wenn der letzte Baum gerodet - Umweltgeschichten" (2023).

Die kleine große Liebe

„Ich hasse diese Stadt", wollte ich ihn anschreien, aber er würde es nicht verstehen. Wie sollte er auch. Ich hatte ihm nie erzählt, dass mich mein damaliger Verlobter ausgerechnet in Venedig verlassen hatte. Die Tauben schwirrten gurrend um uns, es fühlte sich an, als würde ich schweben – und genau in diesem Moment offenbarte er mir, dass er nicht mit mir nach Hause zurückkehren würde. Er hatte auf einer Geschäftsreise Simona, eine schwarzhaarige Schönheit mit endlos langen Beinen, kennengelernt und wollte hier bei ihr bleiben. Wie auf Stichwort bog sie um die Ecke, hakte sich bei meinem, nun ihrem Verlobten unter und ließen mich heulend zurück.

Und dann war da noch meine erste Jugendliebe. Ich war sechszehn, unschuldig und viel zu naiv. Ausgerechnet nach Venedig führte uns unsere Projektwoche, damit wir mehr über das Land und die Kultur lernten. Nach einem langen Tag in der Sprachschule kehrten wir in eine kleine Pizzeria ein und ich ergatterte einen Platz neben ihm. Verliebt und leider auch ein wenig betrunken, säuselte ich ihm meine Liebesschwüre ins Ohr und strich ihm dabei über den Oberschenkel. Doch hier lag bereits eine andere Hand und diese schien ihn keinesfalls zu stören. Meine schob er laut schimpfend weg und alle Schulkollegen konnten dieses peinliche Schauspiel miterleben.

„Muss es wirklich Venedig sein?", fragte ich nun meinen Freund.

Er bezeichnete sich schon die längste Zeit als *mein Lebensgefährte* und in unserem Bekanntenkreis hatte er unter vorgehaltener Hand erzählt, dass der nur auf den richtigen Moment warte, um mir einen Antrag zu machen. Ich hingegen, schwer mitgenommen von zahllosen emotionalen Rückschlägen, sah in ihm nur einen weiteren Lebensabschnittspartner, der mir irgendwann das Herz brechen würde.

„Ich war noch nie in Venedig", erwiderte er und sein Blick wurde verträumt. „Wenn ich daran denke, sehe ich kleine Pizzerien, rieche den herben, bitteren Geruch von Espresso, schmecke köstliche Muscheln in Weißweinsauce und dazu noch lauwarmes Brot." Er nahm meine Hände in seine und sah mir tief in die Augen. „Und ich sehe schmale

Kanäle, durch die uns der Gondoliere chauffiert, während ich meinen Arm um dich lege und dein Kopf sanft auf meiner Schulter ruht."

Igitt, das triefte vor Romantik und war mir eindeutig zu viel. Ich wand mich aus seiner Umarmung und versprach, darüber nachzudenken. Irgendwann hatte er mich in einem schwachen Moment erwischt – oder war ich es einfach leid, ständig abzublocken –, und sagte zu. Laut jubelnd tanzte er durch das Wohnzimmer und freute sich, für meinen Geschmack völlig übertrieben, auf die Reise.

„Meinst du, wir sollten auch Gummistiefel einpacken?", fragte er einige Tage vor der Abreise.

„Wenn du das ernst meinst, dann fahr lieber allein", entgegnete ich. Ich hatte weder Lust auf diese Stadt noch darauf, diese Stadt in Weltuntergangsstimmung zu erleben. Mein Gemütszustand glich einem tiefen, dunklen Loch, welches jegliche Freude zu absorbieren schien. „Wenn ich schon dorthin fahre, dann sollte es dort wenigstens warm und sonnig sein", erwiderte ich schnippisch und verzog mich aufs Sofa.

Kopfschmerzen und Übelkeit plagten mich, je näher die Reise kam. Hinzu kamen Bauchkrämpfe, eine Magenverstimmung und Muskelverspannungen im gesamten Nacken- und Rückenbereich. Ich fühlte mich wie vom Zug überrollt.

Welch Ironie, dass wir ausgerechnet mit diesem unsere Anreise unternahmen. Gerädert und völlig übermüdet strandeten wir am Bahnhof in Venedig, welcher aufgrund seiner Größe und Hektik mein Unbehagen verstärkte.

Touristenströme drängten sich an mir vorbei und jeder Stoß in meine Magengegend ließ mich schmerzhaft zusammenzucken. Mitfühlend beobachtete mich mein Freund, nahm mir dann das Gepäck ab und wir machten uns auf den Weg zum Hotel. Über endlos erscheinende Brücken schritten wir hinüber, schlängelten uns durch schmale Seitenstraßen und erklommen unzählbar viele Stufen. Jeder weitere Schritt schürte meine Ablehnung und bestärkte mich darin, dass ich hier fehl am Platz war.

„Ich muss schnell den Vermieter anrufen", ließ mich mein Freund wissen und in meinem Kopf schrillten die Alarmglocken.

„Haben wir denn kein normales Hotel?", wollte ich ihn anbrüllen, aber meine Stimme versagte und ich lehnte mich an die kühle Fassade eines wunderschönen Palais. Erschöpft betrachtete ich die Häuser, den schmalen Kanal, in dem ein glückliches Pärchen in einer Gondel vorbeiglitt, und die laut gurrenden Tauben, die lustig watschelnd vor mir mit ihren spitzen Schnäbeln am Boden nach Körnern pickten.

„So übel ist es nun doch nicht", sprach ich meinem Unterbewusstsein gut zu, welches mit heftigen Magenschmerzen revoltierte.

„Wir sind gleich da", strahlte mich mein Freund an und erklärte mir den Weg, wo wir den Vermieter treffen sollten.

„Kommst du denn nicht mit?", fragte ich vorsichtig und hakte mich bei ihm unter.

„Natürlich, ich dachte nur, du möchtest gerne wissen, wohin wir müssen."

Im Grunde genommen war es mir egal, Hauptsache, es gab dort eine Dusche und ein sauberes Bett, wollte ich ihn anmurren, verstummte aber, als ich seinen verträumten Blick sah.

„Es gab leider ein kleines Problem mit ihrer Buchung", informierte uns der Vermieter in schlechtem Englisch mit starkem Akzent. „Aber Sie werden die neue Unterkunft lieben. Sie ist ruhig und direkt am Wasser gelegen."

Dem Asianismus war es wohl geschuldet, dass mein Freund an seinen Lippen hing und jedes Wort für bare Münze nahm. Während *ruhig gelegen* für mich düsterer Hinterhof bedeutete und *direkt am Wasser* eher nach gefährdetem Überschwemmungsgebiet klang, trippelte er dem untersetzten, asiatischen Vermieter aufgeregt hinterher.

Neben einem Café bogen wir in eine schmale Gasse, die als Lieferanteneingang ausgeschildert war, und folgten ihr bis ans Ende. Ein kleiner Lichthof erhellte nur spärlich den Vorplatz vor unserem Hotel.

„Sie müssen fest andrücken", zeigte uns der Vermieter und verwies auf das erst vor Kurzem zurückgegangene Hochwasser. „Keine Angst, drinnen sind die ärgsten Spuren schon beseitigt", kicherte er und ergänzte: „Die Schimmelspuren haben wir schon übermalt, die Türen werden wir in den nächsten Tagen noch austauschen."

Wörtlich bedeutete das, wir wohnten in der Privatwohnung des Vermieters, der zu keinem Raum eine Türe hatte, da diese durch das viele Wasser völlig verzogen und morsch waren. Wir schliefen im Doppelbett, welches wir zum Glück nicht teilen mussten, versicherte uns der Vermieter, denn er nahm mit seiner Frau und den drei Kindern stattdessen das Schlafsofa.

Panisch trat ich ins Freie und rannte die schmale Gasse entlang. Mein Freund rief unaufhörlich nach mir, doch ich blieb erst stehen, als ich genug Abstand zwischen mich und diese Horrorunterkunft gebracht hatte. Alles drehte sich und dann wurde mir schwarz vor Augen.

„Schatz, kannst du mich hören?", vernahm ich die vertraute Stimme meines Freundes und eine weitere, unbekannte.

„Es geht mir gut", murmelte ich und schlug die Augen auf. Das sterile Weiß deutete auf ein Krankenhaus hin, was mir sogleich bestätigt wurde.

„Das ist alles reine Kopfsache. Die vielen Vorurteile und schlechten Erfahrungen, die ich mit dieser Stadt gemacht habe. Und jetzt auch noch diese Aufregung, es ist einfach zu viel gewesen", erklärte ich und wollte nur weg von hier.

„Was in Ihrem Kopf vorgeht, kann ich leider nicht sagen, aber ich weiß, was in Ihrem Bauch vor sich geht", unterbrach mich der Arzt.

Ich wurde hellhörig. Wieso? Was hatte mein Bauch? Ich setzte mich auf und sofort wurde mir wieder übel.

Der Arzt trat an mich heran, zog sich einen Stuhl zurecht und setzte sich. Zögerlich schwenkte er sein Klemmbrett, als überlegte er, mir die volle Wahrheit zu sagen oder diese zu beschönigen. Mein Freund saß auf der anderen Seite und hielt mir die Hand.

„Es tut mir leid, dass ich dich zu dieser Reise überredet habe. Hätte ich gewusst, dass du in einem solchen, also diesem Zustand bist, hätte ich das nie gemacht."

Verunsichert blickte ich von einem zum anderen. So schlimm konnte es um mich nicht stehen, denn beide strahlten mich an, auch wenn sie irgendetwas zu verschleiern versuchten.

„Sie sind schwanger", ergänzte der Arzt grinsend.

Unkontrolliert klappte mein Unterkiefer herab, meine rechtes Auge zuckte und mein Herz hörte ein paar Takte auf zu schlagen. Um Fassung ringend, stotterte ich unzusammenhängende Sätze und brach schließlich in Tränen aus. Ich wusste nicht, ob ich mich freuen oder es als Ende meiner bisherigen, gewohnten Welt betrachten sollte. Ich wusste noch nicht einmal, ob dieser Mann der richtige für mich war. Tausend Gedanken schossen mir durch den Kopf und der erste zusammenhängende Satz meinerseits war schließlich die Forderung nach einem Schwangerschaftstest. Grinsend übergab mir der Arzt einen und ich schloss mich in der Toilette ein. Schluchzend fixierte ich die zwei kleinen Linien. Wie es nun weitergehen sollte, vermochte ich nicht zu sagen, doch als ich später in die Augen meines Freundes sah, spürte ich, dass er schon die längste Zeit mein Lebensgefährte – und nicht nur für die Dauer eines Zeitabschnitts mein Begleiter – war. Er war zu mir gekommen, um zu bleiben und um mir die wahre Bedeutung der Liebe näherzubringen.

Zögernd trat ich näher und legte dabei meine Hand auf den Bauch. Noch konnte man nichts sehen, doch schon in wenigen Wochen würde ich es nicht mehr verbergen können.

„War ich bereit dazu so viel Verantwortung zu übernehmen", stellte ich mir selbst die Frage und richtete sie dann an meinen Partner.

„Dazu ist man nie bereit. Aber wir werden unser Bestes geben, für uns und für unser Baby." Lachend fiel ich ihm um den Hals und spürte, wie mich das neue Leben durchströmte.

Als wir abends über den Markusplatz spazierten, eng umschlungen und glücklich, und die Tauben gurrend um uns schwirrten, schloss ich Frieden mit dieser Stadt.

„Wie konnte ich nur so lange Groll mit Venedig hegen", grübelte ich und versprach mir und dieser Stadt einen Neuanfang. Die Kanäle, die lieblichen Gondeln und auch die unzähligen Stufen ließen diesen Ort in einem neuen Licht erscheinen. Gierig sog ich alle Gerüche auf, breitete die Arme aus und ließ den Wind mein Haar zerzausen. Genau diesen Moment wollte ich für immer in Erinnerung behalten, um später meiner kleinen großen Liebe, die ich in wenigen Monaten endlich in Händen halten würde, davon zu erzählen. Ich würde dann sagen: „Und es war der perfekte Ort für diese perfekte Nachricht."

Sabine Syrch-Müller, geboren 1982 in Wien, aufgewachsen in Niederösterreich, studierte Umwelt- und Sicherheitsmanagement. Sie schreibt neben Ihrem Beruf leidenschaftlich gerne Kurzgeschichten. Seither mehrere Veröffentlichungen in Fachzeitschriften und Anthologien. Ihr erster Roman „Mini-Me auf Kreuzfahrt: Hamburger, Einhörner und Caipirinha." erschien im November 2021. Derzeit arbeitet sie an einer Fortsetzung von „Mini-Me auf Kreuzfahrt". Mitglied im Verband Österreichischer Textautoren. Weitere Informationen zur Autorin und ihren Projekten unter www.facebook.com/S.M.Syrch.

Luisas Kaffee-Lover

Luisa ist ihre Anspannung anzusehen. Ihre Hände sind klitschnass vor Schweiß. Seit einer Stunde sitzt sie in einem stickigen Vernehmungsraum und weiß nicht warum. Endlich hat die Warterei ein Ende und die Tür öffnet sich. Ein Polizist betritt das Zimmer, setzt sich zu ihr an den Tisch und sieht sie erwartungsvoll an. Luisa hat keine Ahnung, was hier los ist. Ungeduldig platzt es aus ihr heraus: „Hören Sie, das muss ein Missverständnis sein. Wen immer Sie suchen, Sie haben die Falschen! Ich war nur mit meinem Freund Gabriele in einem Café und plötzlich sind von allen Seiten Polizisten herbeigerannt. Wir haben nichts verbrochen und wollten nur frühstücken. Bitte glauben Sie mir! Gabriele ist Hotelmanager in einem der nobelsten Häuser Venedigs. Und ich bin beruflich hier. Ich organisiere Kaffeereisen rund um die Welt für eine angesehene Reiseagentur. Ich bin deutsche Staatsbürgerin! Sie müssen mich doch zumindest mit der Botschaft telefonieren lassen.“

Luisa spricht immer schneller und aufgeregter. Ihre Worte überschlagen sich. Was ist hier bloß los? Der Polizist öffnet den Papierakt, den er vor sich liegen hat, und beginnt endlich, zu reden. Doch was er von sich gibt, macht keinen Sinn: „Woher kennen Sie Herrn Günther Bergmann? Sind Sie in seine kriminellen Machenschaften verstrickt? Oder sind Sie der eigentliche Kopf, der hinter allem steckt?“

„Ich habe keine Ahnung, wovon sie da reden. Ich kenne keinen Herrn Bergmann. Das muss eine Verwechslung sein“, antwortet Luisa mit weit aufgerissenen Augen.

„Na gut, wie Sie meinen. Dann fangen wir doch noch mal von vorne an. Was genau machen Sie in Venedig? Seit wann sind Sie hier? Erzählen Sie mir alles, was passiert ist, seit Sie in Venedig angekommen sind?“ Der Polizist schaut sie mit grimmigem Blick an.

Sie lässt sich auf ihrem Sessel zurückfallen und überlegt, wo sie anfangen soll. Eigentlich ist Luisa für Venedig gar nicht zuständig, doch ihre Kollegin ist krank. Die Reiseagentur hat sich auf Reisen für Kaffeeliebhaber spezialisiert. Alles und jeder ist dabei, der eine ausgeprägte Leidenschaft für das Heißgetränk hat. Luisa hat schon Reisen nach Kolumbien organisiert, Wanderungen zu weit entlegenen Kaffeeplantagen oder Radtouren zu den besten Cafés mitten im pulsierenden Stadtleben Bogotas. Südamerika darf in Sachen Kaffee natürlich niemals fehlen. Doch sie war eigentlich schon auf der ganzen Welt unterwegs. Überall kann man guten Kaffee finden und damit verbunden die ganz eigene Kaffeekultur des jeweiligen Landes. Vom hippen Hamburger In-Lokal, das selbst Kaffeebohnen röstet und mahlt, über traditionellen türkischen Kaffee, den sie in den unterschiedlichsten Ländern auf ihrer Balkanreise probiert hat, bis hin zur europäischen Hochburg des Kaffees – Italien. Während Luisa ins Schwärmen gerät, klopft der Polizist etwas genervt auf den Tisch. Sie sollte wohl endlich zum Punkt kommen.

Luisa will also vor ein paar Tagen in ihrem Hotel einchecken. Plötzlich rammt sie ein Mann und ihr Koffer fällt zu Boden. Sie mustert ihn von oben bis unten. Er hat einen teuren, perfekt sitzenden Anzug an. Braune, wunderschöne Locken, die er dezent nach hinten gegelt hat, und Augen so blau wie die Adria. Er sieht wirklich unverschämt gut aus. Der Mann hebt ihren Koffer auf und stellt ihn wieder neben sie. Ihre Hände berühren sich für einen kurzen Moment, während sich ihre Blicke das erste Mal treffen.

Der Fremde setzt ein hinreißendes Lächeln auf und stellt sich vor: „Ciao, verzeihen Sie die Unachtsamkeit! Mein Name ist Gabriele und ich bin noch ganz neu hier, aber vielleicht kann ich Ihnen trotzdem behilflich sein?"

„Ich bin heute das erste Mal hier. Ich komme von einer großen deutschen Reiseagentur. Wir bieten Rundreisen durch Italien an und möchten uns Ihr Haus gerne ansehen. Vielleicht nehmen wir es ja in Zukunft in unser Programm auf und arbeiten zusammen. Könnten Sie mir das Büro des Managers zeigen?"

„Na, da haben Sie aber Glück. Ich bin der Manager. Was halten Sie denn davon, wenn Sie erst mal Ihr Zimmer beziehen und alles Weitere besprechen wir heute Abend bei einem gemeinsamen Essen?"

Luisa stimmt freudig zu und setzt dann ihren Weg zur Rezeption fort. Den restlichen Tag verbringt sie damit, das Hotel genauer unter die Lupe zu nehmen. Zugegeben, der eine oder andere Gedanke wandert auch zu Gabriele. Was für ein charmanter Mann. Er wirkt einerseits wie der perfekte Gentleman und andererseits strahlt er etwas Geheimnisvolles aus. Sie wird der Sache heute Abend noch genauer auf den Grund gehen.

Um acht Uhr steigt sie in ihrem blauen Cocktailkleid die Treppen Richtung Lobby hinunter, wo ihr Date bereits auf sie wartet. Er wirkt erstaunlich verloren und unscheinbar für den *Herrn des Hauses*, aber er ist ja auch noch nicht lange hier. Als sich ihre Blicke treffen, beginnt er, zu lächeln. Ein Handkuss, ein Kompliment, wie bezaubernd sie aussieht, ganz die alte Schule.

Der Abend verläuft perfekt, das Restaurant ist atemberaubend, das Essen vorzüglich. Die beiden schlendern Kanäle entlang, durch romantische Gassen und über zauberhafte Brücken. Sie können über Gott und die Welt reden, es fühlt sich alles so vertraut an. Luisa hat sich selten so wohl bei jemandem gefühlt.

Als sie wieder beim Hotel ankommen, überlegt sie kurz, wie sie reagieren soll, wenn er versucht, sie zu küssen. Soll sie es zulassen oder ist es zu früh? Bevor sie zu Ende denken kann, verabschiedet er sich mit einer Umarmung und einem sanften Kuss auf die Wange. Etwas perplex geht sie auf ihr Zimmer. Es war ein wunderschöner Abend und er ist ein wirklich beeindruckender Mann. Während sie sich fertig macht fürs Bett, denkt sie schon über ihre nächste Verabredung nach.

Zwei Tage später muss Luisa nach Murano, schließlich darf das bei einer Venedig-Reiseplanung nicht fehlen. Gabriele hat ihr angeboten, sie mit einem der Hotelboote persönlich hinzubringen. Die beiden machen sich also auf den Weg zu der wunderschönen Insel. Sie erledigt ihre Geschäftstermine und danach bleibt noch genug Zeit zu zweit. Er hat ein Picknick vorbereitet.

Die beiden lehnen Arm in Arm auf der gemütlichen Bank, trinken ihr Glas Muskateller und beobachten dabei den wunderschönen Sonnenuntergang. Luisa erzählt ihm von ihrem Traum, auszuwandern und selbst Besitzerin eines Cafés zu werden. Vielleicht in Südamerika, irgendwo an einem Strand oder vielleicht doch was Ländliches in der Nähe der Kaffeeplantagen, die sie schon so gut kennt. Er spielt mit dem Gedanken, wie es wohl wäre, mitzukommen. Er braucht sowieso mal eine Auszeit, in den Hotels, in denen er bisher war, hat er immer viel zu viel gearbeitet. Viel Erholung bekommt er nicht. Heute macht er eine Ausnahme und das extra für sie.

Zurück im Hafen, steigt Luisa von dem Boot und verliert dabei ihre Tasche. Glücklicherweise landet sie am Boden und nicht im Wasser, aber der komplette Inhalt entleert sich vor ihnen. Gabriele hilft, ihr alles einzupacken, und hält ihr grinsend einen Schlüsselbund mit vielen

Karten und einen pinken Schweinanhänger entgegen. Sie erklärt ihm, dass das auffällige Schweinchen ein USB-Stick ist. Wenn der im Wasser landet, dann kann sie sich gleich einen neuen Job suchen. Denn da ist ihr komplettes berufliches Leben darauf. Alle wichtigen Daten von Hotels und Kunden, alle Passwörter. Die Karten sind außerdem Schlüsselkarten für die Häuser, bei denen sie besonders oft ist.

Erleichtert, dass sie alles wieder in ihrer Tasche hat, gehen sie nun den Bootsschlüssel zurückbringen. Luisa wundert sich, warum er das alles selbst und vor allem möglichst heimlich durch den Seiteneingang machen will. Plötzlich kommt eine Horde von Menschen in die Hotelhalle gestürmt, es wird geschrien, wild herumgestikuliert.

Was ist passiert? Bevor sich Luisa ein Bild davonmachen kann, schiebt Gabriele sie in die Toilette. Verwundert schaut sie ihn an. Sein Argument, dass er nicht möchte, dass seine ganzen Angestellten mitbekommen, dass der Chef einen Tag blaumacht und das auch noch mit einem Gast, klingt plausibel. Es liegt definitiv nicht an ihr, sobald sich die passende Situation ergeben hat, wird er sich natürlich auch offiziell mit ihr zeigen.

Die Stimmen von draußen werden wieder lauter, sie vernimmt nun auch einige Male „Carabinieri“. Mit weit aufgerissenen Augen drängt sie wieder Richtung Tür und fragt ihn besorgt, ob er sich als Manager nicht um solche dringlichen Angelegenheiten kümmern sollte? Wenn schon mal die Polizei da ist, muss es ja wichtig sein. Bevor Luisa weiterreden kann, drückt er sie gegen die Wand und küsst sie. Sofort ist der Wirbel vergessen, es hätte zwar passendere und vor allem romantischere Gelegenheiten gegeben, aber sie will sich nicht beschweren über seine seltsame Wahl der Location.

Die beiden küssen sich weiter, Luisa fühlt sich, als würde sie schweben. Irgendwann schlägt Gabriele vor, auf ihr Zimmer zu gehen. Wider Erwarten verabschiedet er sich allerdings bereits an der Tür von ihr. Ihm lässt die Situation doch keine Ruhe, er möchte nach der Polizei sehen. Irgendetwas stimmt doch hier nicht? Wie kann man sich nur so seltsam verhalten?

Am nächsten Morgen wird sie von einigen Geräuschen geweckt. Als sie sich aufsetzt, sieht sie Gabriele über den Schreibtisch gebeugt. Was macht er da? Kontrolliert er ihre Notizen oder durchwühlt er ihre Handtasche?

Er bemerkt, dass sie wach ist, und dreht sich zu ihr um. Ohne auf ein:

„Was machst du da?", von ihr zu warten, hat er bereits eine Erklärung parat. Er wollte sie überraschen und abholen. Als sie sein Klopfen nicht gehört hat, ist er hinein. Kurz hat er überlegt, ihr einen Kaffee mit der Maschine am Schreibtisch zu machen, doch eigentlich will er ihr so etwas gar nicht vorsetzen. Er hat ihr ja bereits am ersten Abend versprochen, ihr die besten Cafés der Stadt zu zeigen.

Na dann, nichts wie los! Die beiden ziehen sich etwas über und marschieren in sein Lieblingslokal. Hervorragender Kaffee und ein ausgezeichnetes Frühstück. Alles scheint perfekt, bis zu jenem Moment, als die Polizei eintrifft und das Lokal von allen Seiten stürmt. Und jetzt sitzt sie hier und erzählt ihre Geschichte.

„Na, dann kommen Sie mal mit", sagt der Polizist schließlich.

Luisa wird in einen anderen Raum gebracht. Es sieht aus wie im Fernsehen, sie steht vor einem Fenster, durch das sie in den Raum nebenan sehen kann. Dort stehen fünf Männer an der Wand. Der Polizist fragt schließlich, ob sie jemanden wiedererkennt.

Verwirrt sieht sie ihn an. Natürlich, Nummer 3 ist Gabriele! Der Polizist erklärt ihr, dass das Herr Bergmann ist. Ein Krimineller, der in vielen Ländern gesucht wird – wegen Diebstahls, Betrugs und auch Körperverletzung. Er zeigt ihr einen Schlüsselbund mit einem Schwein. Ihren Schlüsselbund!

Der Polizist versucht gerade, sie davon zu überzeugen, dass sie doch bestimmt involviert ist, sonst wäre sie bei all diesen Auffälligkeiten längst zur Polizei gegangen. Er versucht, ihr Schuldgefühle einzureden, und wird aufbrausend.

Luisa antwortet nicht. Sie dreht sich um, schaltet das Licht aus und sieht, wie seine Hände zu leuchten beginnen. Im nächsten Moment öffnet sich die Tür und eine Polizistin betritt den Raum. Während Luisa erleichtert und triumphierend lächelt, schaut der Carabinieri verwirrt. Seine Kollegin klärt ihn darüber auf, dass sie bereits vermutet hatten, dass Bergmann einen Komplizen bei der Polizei hat. Und als Luisa sich an sie wandte, weil ihr der vermeintliche Manager verdächtig vorkam, beschlossen die beiden Frauen, ihnen eine Falle zu stellen. Der Schweine-USB wurde also bearbeitet! Nur wer ihn in Betrieb hatte, bekam die Spezialfarbe ab. Und nachdem er seit Bergmanns Festnahme in ihrem Besitz war, musste der Kollege ihn bereits vorher geöffnet haben.

Dann klicken die Handschellen! Der Fall ist gelöst.

Und zur Feier des Tages möchte die Polizisten Luisa zeigen, wo es wirklich den besten Kaffee gibt. „Ich könnte jetzt allerdings etwas Stärkeres vertragen", entgegnete Luisa.

„Gut, dann eben die beste Cocktailbar!"

Die beiden müssen lachen und ziehen gemeinsam um die Häuser.

Nini Tahini ist das Pseudonym der Autorin Nina Schmücker. Sie ist Mitte 30 und lebt mit ihrem Mann und ihrer Tochter in Salzburg. Hauptberuflich jongliert sie üblicherweise mehr mit Zahlen als Worten. Die Leidenschaft fürs Schreiben war bereits in der Schule da, rückte aber im Zuge der weiteren beruflichen Ausbildungen immer mehr in den Hintergrund. Nach einem turbulenten Jahr 2020 mit Geburt, Kindererziehung und Pandemie, hat sie zu Beginn des Jahres 2021 ihre Leidenschaft fürs schreiben wieder neu entdeckt.

Gelegenheit macht Diebe

Silvio Mallosini aalte sich gelangweilt in der Sonne auf der großen Dachterrasse seiner Villa. Mühsam öffnete er die Augen, schob die gespiegelte Sonnenbrille ins Haar und fischte sein Smartphone aus der Tasche der achtlos auf die Steinfliesen geworfenen Jeans.

11:32.

Erst?!

Fassungslos ließ er sich zurücksinken und blinzelte in die Sonne.

Vielleicht war Giulia Bianchi aus der Nachbarvilla alleine – ihr alter, fetter Ehemann Benedetto war sicherlich wieder auf einer Segeltour und ließ sich dort von einem halben Dutzend junger Frauen den haarigen Rücken einölen. Aber hatte die alte Isabella aus der Via Amalfi nicht neulich erwähnt, dass er irgendwelche krummen Dinger mit der Mafia drehte?

Frustriert beobachtete Silvio die Zypressen, die am Horizont in der leichten Brise tanzten, und wägte ab, ob es sich lohnte, noch einmal in den Infinity-Pool zu steigen, oder ob er lieber gleich dazu übergehen sollte, die Hausbar zu leeren. Das Leben als Sohn einer einflussreichen Unternehmer-Familie hatte durchaus seine Vorzüge, doch wenn man nie gelernt hatte, wie es war, für sein Geld zu arbeiten, wurde es zur Selbstverständlichkeit und das Leben unerträglich langweilig. Zu Beginn seiner Zwanziger hatte Silvio es in vollen Zügen genossen – war von einer rauschenden Party zur nächsten gezogen, in den exklusivsten Klubs abgestiegen und hatte die Töchter der reichsten Väter mit nach Hause genommen, ohne sich jemals festzulegen, geschweige denn zu heiraten. Doch irgendwann war der Reiz vorbei und die Partys unterm Strich immer dieselben.

Träge richtete Silvio sich auf und schwang die Beine über den Rand des Daybeds. Er könnte in die Stadt fahren und nach ein paar neuen Hemden Ausschau halten.

Er klaubte seine Hose vom Boden, stieg hinein, lief ins Haus und warf sich ein Hemd über. Kurz blieb sein Blick an seinem Spiegelbild hängen.

„Silvio, du siehst scheiße aus", gestand er sich ein. Ausgebrannt vom Nichtstun.

In der Innenstadt war nicht viel los. Die meisten hatten sich bei der brütenden Hitze, die heute über Venedig lag, in ihre Häuser zurückgezogen. Das leise Surren von Ventilatoren lag über der Stille, während Silvio durch die Via Gabrialdi schlenderte. Er spürte die verstohlenen Blicke derjenigen, die sich in die Schatten von Eiscafés oder klimatisierten Geschäften zurückgezogen hatten. Man kannte ihn.

Vor einem Herrenausstatter blieb er stehen. Die Hemden im Schaufenster gefielen ihm. Er könnte hineingehen und sich ein Dutzend davon kaufen, doch irgendwie langweilte ihn der Gedanke. Er war schon im Begriff, weiterzugehen, als ihm eine Idee kam. Wie wäre es wohl, wenn er sich nicht immer alles leisten könnte, sondern stattdessen etwas klauen müsste?

„Vergiss es", warnte ihn seine innere Stimme sofort, doch der Gedanke hatte sich festgesetzt. „Silvio", schalt er sich selbst, „du bist unausgelastet. Such dir irgendeine sinnvolle Beschäftigung, dann kommst du auch nicht auf solche Ideen."

Doch während er weiterlief, begann er zu grübeln. Einmal etwas klauen, das würde ja niemandem schaden. Niemand würde es jemals bemerken. Und wenn er hinterher ein schlechtes Gewissen hätte, könnte er es ja immer noch zurückbringen. Die tadelnde Stimme in seinem Hinterkopf ignorierend, lief er die Straße zurück und stieß die Tür zum Herrenausstatter auf. Plötzlich war er von einer belebenden Euphorie gepackt worden. Es war, als hätte er seinem trägen Dahinvegetieren einen neuen Sinn gegeben.

Eine halbe Stunde später verließ er den Laden. Sein Herz raste in seiner Brust und sein Atem ging so heftig, dass er kurz innehalten und sich an einer Straßenlaterne festhalten musste, um zu verschnaufen. Glücksgefühle und freudige Erregung durchfluteten seinen Körper, gepaart mit dem unvergleichlichen Reiz des Verbotenen. Er fluchte. Das hier war besser als Sex.

Langsam löste er die Faust in seiner Hosentasche, die sich um die zusammengeknüllte Krawatte klammerte. In einem unbeobachteten Moment hatte er sie einfach an sich genommen, nachdem der Ladenbesitzer seinem sonst so treuen Kunden seufzend erklärt hatte, dass die Überwachungssysteme heute Morgen aufgrund der Hitze ihren Dienst versagt hatten. Etwas schlecht fühlte sich Silvio schon, hatte er doch schamlos das Vertrauen des Verkäufers ausgenutzt – doch viel schwerer wog diese seltsame, ekstatische Freude.

Sie hielt an und Silvio drang immer tiefer ein in dieses gefährliche Spiel. Die Nächte verbrachte er fortan damit, sich immer perfidere und raffiniertere Strategien zu erarbeiten, mit denen er selbst die am besten gesicherte Ware an sich reißen konnte. Die Diebstähle wurden immer ausgefeilter und Silvio immer rücksichtsloser. Nichts und niemand war mehr sicher vor ihm. Bald schon türmte sich in seiner Villa allerlei gestohlenes Luxusgut – Taschen, Uhren, Parfum oder teure Kleidung.

Als eines Tages, vier Wochen nach seinem ersten Diebstahl, eine Einladung ins Haus flatterte, spürte er einen wohligen Schauer seinen Rücken hinablaufen. Die jährliche Schmuck-Ausstellung im Gritti Palace, einer ehemaligen Adelsresidenz am Canal Grande aus dem Jahr 1475. Silvio war sich sicher: Dies würde ein Meilenstein in seiner jungen Karriere als Kleinkrimineller werden.

Unbeeindruckt ließ er sich an diesem Abend von sämtlicher nationaler und internationaler Prominenz durch die Ausstellungsräume des Luxushotels treiben. Mehrere Wochen hatte er an seinem Plan gearbeitet. Wenn er aufging, würde er am Abend mit Juwelen von unsagbarem Wert nach Hause verschwinden. Was ihn an diesem Abenteuer besonders reizte: Der Diebstahl würde nicht unbemerkt bleiben. Die Presse würde sich darauf stürzen und die wildesten Theorien spinnen. Wie aufregend!

Gerade war er dabei, ein diamantbesetztes Diadem zu begutachten, als sein Blick plötzlich an einer jungen Frau hängen blieb, die scheinbar lautlos durch die Reihen von Schmuck glitt. Ihr dunkles Haar hatte sich wie ein seidener Mantel um ihre Schultern gelegt und das weinrote Kleid mit einem unanständig langen Beinschlitz lag an ihrem sanduhrförmigen Körper an wie eine zweite Haut. Silvio stockte der Atem. Noch nie in seinem Leben hatte er eine schönere Frau gesehen. Und dann blieben ihre tiefschwarzen Augen an ihm hängen – sie sah ihm direkt ins Gesicht. Irritiert wandte er den Blick ab. Er würde seinen Meisterplan jetzt doch nicht von einer Frau durchkreuzen lassen!

Doch er spürte ihren Blick, merkte, dass sie ihm folgte. Verdammt. Das hatte ihm gerade noch gefehlt. Er ließ sie nicht aus den Augen, doch sie schien keinerlei Interesse daran zu haben, sich mit dem Schmuck zu beschäftigen.

Normalerweise freute sich Silvio über jedes bisschen weibliche Aufmerksamkeit – erst recht, wenn sie in einem solchen Kleid daherkam – doch heute konnte er es ganz und gar nicht gebrauchen, beobachtet zu werden. Na gut, gab er sich schließlich einen Ruck, nachdem besagte Schönheit ihm durch drei Räume gefolgt war und schließlich, nachdem er versucht hatte, ihr durch eine Flucht in die Nachtluft zu entkommen, im Türrahmen der Terrasse stehen blieb. Zwischendurch hatte er sogar Halt auf der Toilette gemacht, doch sie hatte in der Zwischenzeit auf ihn gewartet. Was sollte schon passieren? Vielleicht ein kurzer Small Talk, ein Sekt, maximal eine kurze, bedeutungslose Nummer im Fahrstuhl und die Sache wäre erledigt. Frauen hatten nie länger Interesse an Silvio als unbedingt nötig.

Sie schien tatsächlich etwas erschrocken, als er sie ansprach. „Silvio Mallosini“, stellte er sich vor, nahm ihre Hand und drückte einen Kuss auf ihren Handrücken.

„Emilia Marcini“, erwiderte sie mit funkelnden Augen.

„Na, hoffentlich geht das schnell“, dachte Silvio und griff nach einem Glas Sekt, um es ihr anzubieten, doch mit einem Mal war die Wärme aus ihrem Blick verschwunden.

Sie spitzte die dunkelrot geschminkten Lippen. „Ich weiß, wer Sie sind.“

Irritiert starrte Silvio sein Gegenüber an. „Wie bitte?“

„Ach bitte.“ Ihre Augen blitzten spöttisch. „Das kann man Ihnen doch vom Gesicht ablesen. Was gedenken Sie denn zu stehlen?“

Silvios Herz rutschte in seine Hose. Das musste eine Verwechslung sein. Er hatte stets besonnen gehandelt, da konnte überhaupt kein Verdacht bestehen! Bevor er etwas erwidern konnte, packte sie ihn plötzlich an der Krawatte und zog ihn ein Stück zu sich. Ihr süßes Parfum stieg in seine Nase und er musste niesen.

„Keine Sorge“, zischte sie amüsiert. „Ich wollte nur sichergehen, dass Sie keine Konkurrenz für mich darstellen. Das diamantenbesetzte Diadem gehört nämlich mir. Haben Sie mich verstanden?“ Mit diesen Worten lockerte sie ihren Griff um seine Krawatte, stieß ihn von sich und ließ ihn stehen, ohne sich auch nur noch einmal umzudrehen.

Fassungslos sah Silvio ihr hinterher. Eine Diebin? Irgendwie reizte ihn die Vorstellung. Er schüttelte sich und rückte seine Krawatte zurecht. Fokus! Das war doch sicherlich nur ein alberner Witz gewesen. Von solchen Anmachsprüchen durfte er sich nicht beirren lassen. Dennoch war er so durch den Wind, dass er es nicht wagte, etwas zu stehlen. Den restlichen Abend irrte er ruhelos durch die Ausstellung und wusste nicht, wie ihm zumute sein sollte. Irgendetwas an dieser Frau hatte ihn aufgewühlt, doch er sah sie nicht mehr, und als er weit nach Mitternacht das Gritti Palace verließ, ärgerte er sich über sich selbst.

„Verdammter Idiot", schimpfte er vor sich hin. „Lässt dir von einer Frau die Pläne durchkreuzen!"

Er schwor sich, dass dies das letzte Mal gewesen war, als plötzlich ein Motorrad mit quietschenden Reifen vor ihm zum Stehen kam – so plötzlich, dass er aufschrie und vor lauter Schreck auf den Gehsteig stürzte. „Porca puttana!", brüllte er, doch als er erkannte, wer die Gestalt auf dem Motorrad war, glaubte er, zu träumen.

Emilia, ein Männerjackett über dem verführerischen Kleid, riss sich hastig den Helm vom Kopf und warf ihn ihm zu. „Los, spring auf!", schrie sie ihm entgegen „Sie sind hinter mir her!"

Protestierend rappelte Silvio sich auf, doch bevor er Anstalten machen konnte, davonzulaufen, hatte sie ihn bereits aufs Motorrad gezerrt und brüllte ihm direkt ins Ohr, während sie den Motor startete. „Greif in die Jacketttasche! Nimm die Colliers und das Diadem heraus, die darin sind! Nimm sie an dich und dann renn! Wenn ich um die Ecke biege, rollst du dich herunter und verschwindest damit! Morgen Abend um 23 Uhr treffen wir uns vor dem Garibaldi Monument und du gibst sie mir wieder! Wenn alles gut geht, darfst du eines behalten!"

Wie ohnmächtig folgte er ihren Worten, dann schlitterte sie mit einem waghalsigen Manöver in eine Seitenstraße, legte sich in die Kurve und warf Silvio ohne Vorwarnung vom Motorrad. Unsanft landete er in einem Haufen Müll und fuhr zusammen, als plötzlich Sirenen durch die Altstadt heulten.

„Na los, verschwinde!", brüllte er Emilia zu, rappelte sich auf und lief zwischen den eng stehenden Häusern in eine unbestimmte Richtung davon, während sie die Räder durchdrehen ließ und davonjagte. Ungläubig blieb Silvio in einem dreckigen Hinterhof stehen. Wie surreal das alles war! Eben wollte er in die Jackentasche greifen, als plötzlich eine Waffe hinter seinem Rücken entsichert wurde. Er fuhr herum und konnte nicht glauben, was er sah.

„Emilia?", stieß er verblüfft hervor, als sie sich ihm näherte, die Waffe erhoben, Polizisten in ihrem Gefolge.

„Die können Sie wegschmeißen." Sie deutete mit einem Kopfnicken auf Silvios Jackentaschen, in denen er die Diamanten umklammert hielt. „Fälschungen."

„Ich klau nie wieder etwas." Panisch riss Silvio das vermeintliche Diebesgut aus seinen Taschen und warf es auf die Straße „Aber was soll das, heute habe ich doch gar nichts ge…"

Emilias irritierter Blick sprach Bände. „Wer hat denn etwas von Klauen gesagt? Wir wollten nur mit Ihnen sprechen, weil Sie etwas wissen könnten zum Aufenthaltsort von Benedetto Bianchi. Wir haben gehört, Sie standen in Kontakt zu seiner Ehefrau. Wir dachten, dieser Abend ist eine gute Gelegenheit, um Sie ungestört sprechen zu können."

Silvio riss die Augen auf. „Ich …"

„Aber …" Emilia drehte sich zu ihren Kollegen um. Und was sie dann sagte, ließ Silvio das Blut in den Adern gefrieren „… ich glaube, wir sollten Herrn Mallosini mal einen Hausbesuch abstatten."

Carina Menzel wurde 1999 geboren. Die Lehramtsstudentin wurde bereits in verschiedenen Schreibwettbewerben für Kurzgeschichten ausgezeichnet und veröffentlicht seit über zehn Jahren bereits Geschichten und Gedichte beim Papierfresserchen. 2017 erschien ihr Debüt-Roman „Miss of the Match", 2019 die Fortsetzung.

Maximilian Mann, Jahrgang 1997, studiert Biologische Chemie. 2023 begann er, gemeinsam mit seiner Freundin Carina Geschichten beim Papierfresserchen zu veröffentlichen. Beide wohnen bei Heidelberg, reisen gerne und denken sich kreative Geschichten aus.

Stumme Schluchten

Die ersten Tage in Venedig saß ich fast nur in unserem Hotelzimmer herum und studierte italienische Tageszeitungen, bis mich Selah am Abend abholte wie eine Mutter ihr Kind aus dem Bälleparadies. Ich verfluchte mich dafür, dass ich sie überhaupt hatte begleiten wollen, schließlich wusste ich, dass sie den ganzen Tag in finsteren Kellerräumen nach vermoderten, venezianischen Renaissance-Schinken für ihre Auftraggeber suchen würde. Und in der Zwischenzeit war ich damit beschäftigt, meine Langeweile zu erschlagen. Selah war es, die mich ermutigte, mich allein in der Stadt umzusehen und die italienischen Frühlingstage in stiller Einsamkeit wenigstens ein bisschen zu genießen.

Treu folgte ich ihrem Rat und schlenderte am Tag darauf gedankenverloren entlang der Kanäle, auf denen gelangweilte Gondolieri in langen, schwarzen Booten ihre gut einstudierte Show für die Touristen abzogen, und bahnte mir den Weg durch die schmalen Gassen der Stadt. So labyrinthartig und gedrungen sich die Straßen auch verzweigten, am Ende meiner Gedankenspiralen mündeten alle Wege vor dem gewaltigen Markusdom, den ich schon von Selahs alten Postkarten her kannte.

Mit weit geöffneten Augen ließ ich den Blick über den Dom streifen und umrundete ihn langsamen Schrittes von der Westseite her, den Scharen von Tauben ausweichend, als Partikel des nie endenden Touristenstroms. Schließlich ließ ich mich auf einer Bank nieder. Mein Interesse galt den Straßenhändlern, die mit vielen Worten, wilden Gesten und respektabler Beharrlichkeit versuchten, die Besucher von der Güte und Nützlichkeit ihrer billigen Produkte zu überzeugen. Sie redeten ohne Unterlass und gaben einzelnen Silben ihrer Worte ein so druckvolles Vibrato, dass es fast wie Operngesang klang.

Jeder der Händler hatte sich auf einen bestimmten Artikel spezialisiert: ein schwarzer Mann mit langem Bart und weißem Gewand versuchte, einer asiatischen Frau einen Regenschirm anzudrehen. Diese wies störrisch mit dem Zeigefinger Richtung Sonne, die im Zenit eines endlos blauen Himmels stand. Ein paar Meter weiter ging eine dickliche Alte mit Buckel umher, den rechten Arm mit bunten Selfie-Sticks behangen. Unmerklich nickte sie zwei Männern zu, die direkt vor mir standen und billige Farbdrucke vom Markusplatz und Miniaturen italienischer Renaissance-Werke vor sich auf dem Boden ausbreiteten. Hinter dem Verkäufer standen weitere Händler, bereit, sich mit Handtaschen oder Reiseutensilien wie Zahnbürsten und Kämmen auf die Touristen zu stürzen. Ging einem von ihnen die Ware aus, kam aus irgendeiner dunklen Gasse ein Kollege herbeigeschlichen und drückte ihnen unauffällig Nachschub in die Hand, als hätte er sie die ganze Zeit aus einem riesigen Lager heraus beobachtet. Das dichte Gedränge, das Stimmengewirr und das muntere Gefeilsche übertönten die Ödnis in mir.

Plötzlich kam ein Mann mit unzähligen Gürteln um die Arme geschlungen, aufgeregt herbeigelaufen: „Polizia! Polizia!", rief er, griff einen seiner Freunde hektisch beim Arm und zog ihn in eine Seitengasse. Die anderen Mitglieder der Schwarzmarkt-Gilde schoben blitzschnell ihre Bilder zusammen, stopften Selfie-Sticks und Regenschirme in große Reisetaschen und folgten in Windeseile. Die gesamte Längsseite des Platzes, wo eben noch ein reger Basar betrieben wurde, war schlagartig leer, die fliegenden Händler waren wie vom Erdboden verschluckt.

Schnellen Schrittes folgte der Grund für die ganze Aufregung: Zwei uniformierte, sonnengegerbte Polizisten marschierten durch die Touristenmenge, blickten argwöhnisch nach links und rechts, die Schlagstöcke griffbereit und bliesen drohend in ihre Trillerpfeifen. Doch die Vögelchen waren schon ausgeflogen.

Plötzlich sah ich zu meiner Rechten, am Ende des Doms, dieses Mädchen, im Ansatz eine junge Frau, die mit absurd kitschigen Tüchern herumwedelte. Hatte sie etwa nichts von der Gefahr mitbekommen, die ihre Kollegen panisch flüchten ließ? Unbeirrt ging sie, den Rücken zur nahenden Gefahr gekehrt, auf Touristen zu und hielt ihnen die Schleier mit Reise- und Tiermotiven vors Gesicht. Die Polizei war nur noch ein paar Meter von ihr entfernt, bloß der Sonnenschirm eines katholischen Info-Standes verdeckte die Sicht der Polizisten. Hinter dem Mädchen wuchs die Bedrohung mit jedem Schritt, den sich die Beamten nährten, wie wenn bei einem Erdbeben der Boden aufreißt und sich eine finstere Schlucht auftut. Die Unglückliche drohte hineinzufallen. Ihre Lage war die eines Menschen, der am Rande eines Abgrundes steht, und zwar in dem Moment, wenn sich die Erde unter den Füßen löst, sich der Körper schon im Fallen begriffen nach vorne neigt.

Niemand außer mir schien das Mädchen wahrzunehmen. Neben mir saß ein deutsches Paar auf der Bank, vertilgte stumm die mitgebrachten Butterbrote und schien von all der Hektik um sich herum keine Notiz zu nehmen. Nur ich konnte die junge Frau noch vor dem Sturz ins Elend bewahren.

Einem inneren Impuls folgend, sprang ich von der Bank auf, packte sie von hinten an den Schultern und riss sie fort. Das Ganze ging so schnell, dass sie zu verdutzt war, um zu rebellieren. Als wir in einer schattigen Gasse standen und ich uns in Sicherheit wähnte, schlug sie wild auf mich ein. Ich stieß sie von mir weg. Ob sie denn nicht gemerkt habe, dass die Polizei sie fast geschnappt hätte, fragte ich in gebrochenem Italienisch. Etwas mehr Dankbarkeit hatte ich mir von meiner heldenhaften Rettungstat schon versprochen.

Sie blickte mich böse an, ihre Augen funkelten. Sie gestikulierte, formte die Lippen, als wolle sie etwas sagen, schwieg jedoch. Ich verstand nicht, was das zu bedeuten hatte, doch mir blieb keine Zeit zu überlegen, denn ich hörte wieder die schrillen Töne der Trillerpfeifen. Die Polizisten hatten die Verfolgung aufgenommen und uns in der Ferne entdeckt. Das Mädchen hatte meine ruckhafte Kopfbewegung verstanden, packte mich fest am Arm und dieses Mal war sie es, die mich in die verwinkelten Seitenstraßen der venezianischen Altstadt hineinzerrte.

Hand in Hand liefen wir, so schnell wir konnten, mal nach links, mal nach rechts, über schiefes Kopfsteinpflaster und aufgeplatzte Gehwegplatten, vorbei an bröckelnden Fassaden und Balkonen, auf denen weiße Laken im Wind flatterten. Ich hatte völlig die Orientierung in dem Labyrinth der Gassen und Kanäle verloren. Ohne es zu ahnen, hatte ich mich ganz in die Obhut des Mädchens begeben, das ich eigentlich hatte retten wollen und das nun mich versuchte, vor den Armen der Gesetzeshüter zu schützen.

Minutenlang rannten wir um unser Leben, bis mir die Puste ausging. Ich war am Ende meiner Kräfte, als das Mädchen vor einem schäbigen Wohnhaus stoppte, das von Schimmel ganz zerfressen war. Das Treppenhaus war düster, es roch modrig und nach Katzenfutter, aus dem Hinterhof drang ein ohrenbetäubender Lärm. Sie hielt ihren Leinenrock fest, als sie die Steinstufen hochstieg. Das Eisengeländer erzitterte bei jedem Schritt. Sie hielt vor einer hölzernen Wohnungstür, an der nur ein paar kleine Farbreste am oberen Rand erkennen ließen, dass sie mal grün gestrichen war. Die Tür war nicht verschlossen. Das Mädchen öffnete, winkte mich herein und blickte sich noch mal prüfend nach allen Seiten im Flur um, ehe sie die Tür wieder schloss.

Es gibt Momente, wo der wilde Trieb zu dem, was wir Sünde nennen, Menschen so sehr beherrscht, dass jede Zelle im Gehirn, jede Faser unseres Körpers, von furchtbarer Wollust durchsetzt ist. Wir verlieren in solchen Augenblicken unseren freien Willen, gehen blind dem schrecklichen Ende entgegen, als ob wir Automaten wären, als ob wir keine Wahl mehr hätten. Und während ich über die Türschwelle ging, sah ich wieder den schwarzen Abgrund, der sich im Boden auftat. Nur, dass er dieses Mal nicht listig hinter dem Rücken der jungen Frau lauerte, sondern sich direkt vor mir befand wie das aufgerissene Maul eines wilden Tieres, bereit, alles zu verschlingen.

Ich stand in einem unmöblierten Ein-Zimmer-Apartment. Die Küchenzeile war Teil des Raumes, ein Kühlschrank stand in der einen Ecke, eine Kiste mit bunten, zum Verkauf bestimmten Tüchern in der anderen. Auf dem Boden lag eine fleckige Schaumstoffmatratze. Die Toilette war offenbar im Treppenhaus, denn keine weitere Tür war im Zimmer zu sehen, das durch die zugezogenen Gardinen in aschfahles Licht getaucht wurde. Der Lärm aus dem Erdgeschoss war noch immer deutlich zu hören, wie ein Presslufthammer, der auf Metall schlägt. Ich fragte mich, wie man es bei dem Krach hier nur aushalten konnte. Das Mädchen warf ihre Tücher zum Rest der Hehlerware und brachte mir ein Glas Wasser. Ich schwitzte aus allen Poren, Tropfen rannen mir übers Gesicht, das Shirt klebte an meinem Körper. Sie nahm eines der Tücher mit hechelnden Hunden als Motiv und tupfte mir damit den Schweiß von der Stirn. Es roch nach Chemikalien. Erst jetzt sah ich sie zum ersten Mal richtig an, ihre Haut hatte einen dunklen Teint, braune Haare fielen ihr lockig über die Schultern, sie hatte schwarze, runde Augen. Das Gesicht des Mädchens war nicht mehr ganz kindlich, sondern gehörte schon einer jungen Frau. Ich schätzte sie auf neunzehn. Ich stellte mich ihr vor, höflich mit Vor- und Nachname, so wie ich es als Kind gelernt habe. Sie sagte nichts, auch nicht, als ich sie nach ihrem Namen fragte. Sie legte nur ihren Kopf leicht schräg und deutete auf ihre Ohren. Dann begriff ich.

Sie umfasste meine Hände, öffnete meine Handflächen und fuhr die Falten entlang, die viele als Lebenslinien bezeichnen. Es kitzelte leicht.

Ich zog meine Hände zurück. Sie griff erneut nach ihnen, bekam sie zu fassen und zog sie plötzlich unter ihren weißen Leinenrock, dann küsste sie mich. Tausend Gedanken schossen mir durch den Kopf.

Ich sah Selah in einem feuchten Kellerraum Leinwände begutachten, sie blickte zu mir auf, wollte lächeln, doch dann legte sich über ihr Gesicht ein Schatten und sie wurde in tiefe Dunkelheit hineingerissen. Ich besaß in diesem Moment weder die geistige Stärke noch die Energie, um meine Augen von dem gähnenden Schlund abzuwenden und vor dem Abgrund zurückzuweichen. Die Schlucht zog mich an und schließlich sprang ich selbst hinein, beschleunigt von der stummen Erkenntnis meines Untergangs. Ich beugte mich über sie und die gierige Dunkelheit verschlang mich.

René Gröger *wurde 1988 in Hamburg geboren. Seit einigen Jahren lebt er in München, wo er als freier Journalist arbeitet. Seit 2019 veröffentlicht er eigene Kurzgeschichten. 2020 wurde er beim Literareon-Kurzgeschichten-Wettbewerb für seinen Text „Treasure Island" prämiert. Außerdem gewann er den PERGamenta Literaturpreis für seine Kurzgeschichte „Heimatwärts".*

Venedig

Zum Hochzeitstag fährt Max mit Liese
als ihres Honigmonds Reprise
auf eine Reise nach Venedig.
La Serenissima ist gnädig
und nimmt das Pärchen gastlich auf,
wie schon beim ersten Mal, vor Jahren,
als beide, heiter und wohlauf,
im „Wasserreich der Nixen[1]“ waren.
Dass jetzt der Karneval vorbei,
ist ihnen völlig einerlei:
Wo's doch im Herbst besonders schön,
die Meeresstadt sich anzuseh'n.

Die Stadt, wo Alltag unvermutet
dem Gast zum Abenteuer wird,
und die, sooft sie überflutet,
hernach sich wieder neu gebiert,
wo jeder dritte als Tourist
nur flüchtiger Bewohner ist:
Sie ist, dem Wasser abgerungen,
schon mehr als tausend Jahre alt.

Von Dichtern oft und oft besungen,
stets lockt sie und lässt keinen kalt.
Zum „bunten Wunderbau[2]“ im Meer
zieht es das Volk in Scharen her.
Was es auch sei – wer sucht, wird fündig.
Geheimnisvoll und vordergründig,
bescheiden und mondän zugleich
ist diese Stadt an Rätseln reich.
Was einstürzt, wird neu aufgerichtet,
was aufbricht, wieder zugeschlichtet,

ganz „com'era e dov'era" –
ganz wie's und da, wo's vormals war.
Wie seinerzeit der Campanile,
den man auch „Herr des Hauses" nennt,
wohl das beliebteste der Ziele,
das jeder Gast Venedigs kennt.

Es grüßt der Markusturm von Weitem
auch unser Paar, und lädt es ein,
sich selbst die Freude zu bereiten,
zuhöchst den Glocken nah' zu sein,
von dort den Blick ins Land zu wagen:
Mit etwas Glück, an manchen Tagen,

sind gar der Alpen Bergeshöh'n
jenseits von Stadt und Meer zu seh'n.
Sie seh'n Venedig wie im Fluge
und nehmen mit Erstaunen wahr:
Hier oben, von der Glockenstube
sind die Kanäle unsichtbar!
Die Altstadt dehnt sich Dach an Dach
scheint lückenlos in sich geschlossen.
Die Sicht entzückt sie tausendfach!
Wie diesen Anblick sie genossen!

Dem Kenner zeigt der Markusplatz
am frühen Morgen sich fast leer.
Die Massen auf Erlebnishatz
zieht's später erst zuhauf hierher.
Das Pärchen nutzt die Gunst der Stunde,
macht unbehelligt seine Runde.

Dem Campanile gegenüber,
erhebt, vom Löwen treu bewacht,
der Uhrturm sich. Es strahlt herüber
des Ziffernblattes blaue Pracht.
Ein goldner Ring aus Tierkreiszeichen
umrahmt die prächtigste der Uhren.

Sie findet nirgends ihresgleichen!
Die Glocke, die vom Turm getragen,
wird von zwei bronzenen Figuren
zu jeder vollen Stund' geschlagen.

Wie jeden, der hier auf Besuch,
begrüßt sie oft auf ihren Wegen
der Markuslöwe mit dem Buch,
die Schwingen spreizend, ist zugegen
auf manchem Bauwerk, Bild und Ort,
im Buch verkündend Gottes Wort.

Und da sich schon die Stunden neigen,
beschließen sie, womöglich solo,
dann am Bacino Orseolo
in eine Gondel einzusteigen.
Sie finden eine, welch ein Glück!
Canal Grande und zurück!
Vorbei an Kirchen und Palästen,
versteckten Winkeln mit den Resten
vergang'ner Pracht, schon halb zerfallen.
Die Wellen und die Sonnenstrahlen
wetteifern, wer wohl heller blinkt.
Von fern ein Lied herüberklingt.

„Ai Gondolieri" dann am Abend,
das Restaurant, wo sie, sich labend,
bei gutem Wein sich wiederfinden,
Venedigs Kochkunst zu ergründen.
Von außen eher unscheinbar –
die Speisen hier sind wunderbar!
Gebackene Zucchiniblüten,
unglaublich feine Kalbfleischschnitten,
Risotto aus – wie heißt das gleich?
„nervetti" (oder Wirbelfleisch).
Voll Tradition ist diese Speise.
Mit ihr beschließen sie die Reise.

Am nächsten Tag zum Abschied dann
beweist Venedig, was es kann:
Als eines der modernsten Stücke
erscheint die Calatravabrücke
vor ihren Augen. Nagelneu!
Aus Glas – für die, die schwindelfrei.
Soll „Brücke der Verfassung" heißen.
Ob sie was taugt, wird sich noch weisen.

Als sie Venedig dann verlassen,
das letzte Stück durch enge Gassen
über die Brück' zum Bahnhof wandern,
da wünschen sie wie all' die andern,
die jemals diese Stadt geseh'n:
Venedig möge ewig stehn!

1 Heinrich Heine
2 Thomas Mann

Franziska Bauer, *geboren 1951, Studium der Russistik und Anglistik in Wien, wohnhaft im Burgenland, pensionierte Gymnasiallehrerin, Schulbuchautorin, schreibt Lyrik, Essays und Kurzgeschichten für Zeitschriften und Anthologien, mehrere literarische Buchveröffentlichungen, eine der Gewinner(innen) des 10. Bad Godesberger Literaturpreises.*

Mario aus dem kleinen Venedig

Florian steht auf der Piazza dei Signori und lässt den Blick schweifen. Es ist ein überaus warmer Nachmittag Ende Januar. Noch nie zuvor ist er in Treviso gewesen, aber diesmal wollte er eine ruhigere Stadt besuchen. Einige Freunde hatten ihm erzählt, dass Treviso eine Art Venedig in Miniaturformat sei, aber Kanäle hat er bisher hier noch kaum entdeckt. Vor dem Rathaus erblickt er ein Kinderkarussell. Dort sieht er einen jungen Mann, der etwas älter zu sein scheint als Florians Großneffe Frederick, der ihn heute mit seinem nagelneuen Opel Kadett zum Flughafen gefahren hat. Er nähert sich dem jungen Mann und räuspert sich. „Wo geht es denn hier zum Dom?", fragt er.

Der Junge trägt einen Ohrstecker in Form eines Jesuskreuzes und eine graue Wollmütze. Seine dunklen Augen haben einen lebendigen Glanz, und als er nun antwortet, zeigt sich, dass er eine schöne und klare Stimme hat: „Gehen Sie einfach die Via Calmaggiore entlang."

Für einen Moment blickt ihn der Junge traurig an. Florian wundert sich über die Tiefe, welche er in diesem Blick spürt und die ihn ein wenig verängstigt, obwohl die Lippen des Jungen freundlich lächeln.

Florian bedankt sich rasch und geht weiter in Richtung Dom. Er interessiert sich für Tizians *Verkündigung*, die dort zu finden sein soll. Kurz bevor er die Kirche erreicht, biegt er aber von der Via Calmaggiore in ein Gässchen, aus dem Bohrmaschinengeräusche kommen. Er erinnert sich an eine längst vergangene Zeit, als er und seine Frau Mathilde in Wien ein kleines Haus bauten. Sie hatten eine Familie gründen wollen, aber schließlich hatte sich herausgestellt, dass seine Frau keine Kinder bekommen konnte. Inzwischen ist sie schon seit zehn Jahren tot. Sie hatte Krebs.

Der junge Mann mit der grauen Wollmütze heißt Mario und lebt in Treviso als Bauarbeiter. Er repariert das Kinderkarussell auf der Piazza dei Signori, weil es sich nicht mehr dreht.

Jetzt klingelt sein Handy, und seine Großmutter meldet sich: „Ich bin heute aus Venedig gekommen, um dich und deinen Vater zu besuchen. Kommst du, Mario?"

„Leider muss ich zuerst noch fertigarbeiten, Oma. Aber es freut mich, dass du hier bist. Ich bin gleich so weit!"

Langsam geht Florian durch die schmale Gasse an einer Baustelle vorbei. Als er um eine scharfe Ecke biegt, trifft er vor einem Wohnhaus auf einen etwa fünfundvierzigjährigen Mann, der offenbar gerade von einer Radtour zurückgekehrt ist. Er trägt gar keinen Helm, sondern nur eine dunkle Mütze, aber nun stellt er sein Fahrrad in einer Garage ab und eilt ins Haus. Als Florian schon weitergehen will, erscheint eine alte Dame in einem wollenen Wintermantel vor dem Haus. Sie geht entschlossen auf die Eingangstür zu und wirkt dabei noch sehr rüstig. Auch sie beachtet Florian nicht.

Mario hat Feierabend und betritt eine Bar, um ein Glas Mineralwasser zu trinken. Er kann nicht mehr bis zu Hause warten, zu groß ist sein Durst jetzt. Er trinkt hastig und wechselt ein paar Worte mit der jungen Kellnerin. Beide waren einmal Schulfreunde und die heutige Kellnerin Lucia war damals sogar heimlich in Mario verliebt.

Florian hat sich inzwischen vor den überdachten Hauseingang gesetzt. Er sitzt auf dem Boden und kann an gar nichts mehr denken. Er blickt auf die künstlichen roten Tulpen, die in einer Vase aus weißem Marmor vor der Haustür stehen. Er blickt auf die schwarze Fußmatte, er blickt auf die hölzerne Überdachung, dann wieder auf die Tulpen in der Vase, und jetzt denkt er an seine verstorbene Frau.

Auf einmal biegt Mario in den Hauseingang ein. Freundlich lächelt er den alten Mann an. Florian erträgt das nur schwer und wendet den Blick ab.

„Hast du den Dom gefunden?"

Florian ist überrascht über die plötzliche Verwendung des Du. Er fühlt sich überwältigt und schluckt schwer.

Mario blickt auf ihn hinunter. „Ich glaube, du bist einsam", sagt er, kniet sich hin und legt dem Alten einen Arm um die Schulter, woraufhin dieser aufsteht.

Mario bleibt am Boden und blickt nun zu Florian auf. „Meine Großmutter ist auch einsam", erklärt er, „seit ihr Mann, mein Opa, starb. Sie vermisst ihn sehr. Ist deine Frau tot?"

Florian antwortet nicht, aber Mario kann seine Worte spüren. „Meine Großmutter mag Musik von Vivaldi", erzählt er. „Sie hört sich immer *Die vier Jahreszeiten* an."

„Meine Frau mochte auch Vivaldi."

Mario kommt eine Idee, er steht auf und sagt: „Heute ist der Hochzeitstag meiner Großeltern. Zu diesem Anlass besucht uns Oma jedes Jahr, seit Opa tot ist. Du kommst einfach mit zu uns in unsere Wohnung. Ich denke, Oma wird sich über deine Gesellschaft freuen. Woher kommst du denn eigentlich? ... Du hast einen eigenartigen Akzent beim Sprechen ..."

„Aus Österreich."

„Du kannst aber gut Italienisch! Vielleicht willst du heute mit meiner Oma zu Abend essen?"

„Warum lädst du mich ein?"

„Ich ... Mein Opa ist vor sechs Jahren gestorben. Deine Augen ... du hast denselben Blick wie er – und du magst Vivaldi wie Oma und Opa. Sie haben sich in Venedig kennengelernt, nicht hier. Dort lebten sie viele Jahre glücklich zusammen."

Florian nickt.

Mario sperrt die Eingangstür auf, dann steigen er und Florian die Treppe des modernen Wohnhauses hinauf in den zweiten Stock. Mario öffnet die weiße Wohnungstür, hinter der ein breiter Flur geradeaus ins Wohnzimmer führt. Mario hilft Florian aus seinem Mantel.

In einem großen Wohnzimmer sitzt Marios Vater auf einem Stuhl. Florian erkennt in ihm den Radfahrer wieder, den er vorhin beobachtet hat. Ihm gegenüber, auf einer schwarzen Ledercouch, sitzt Marios Großmutter – es ist die alte Dame, die er kurz zuvor in dem wollenen Mantel sah. Zwischen der Alten und dem Vater breitet sich ein ellipsenförmiger Glastisch aus, der mit Kaffee und Kuchen gedeckt ist, und am Ende des Raums führt eine Glastür auf einen schmalen Balkon.

„Das ist meine Oma", stellt Mario Florian die alte Dame vor, „und das ist mein Papa, ihr Sohn. Tut mir leid, meine Mama ist schon bei meiner Geburt gestorben. Jetzt ..."

„Wer ist dieser Mann?", fragt die Großmutter.

Florian blickt die Großmutter an. Sie hat langes, weißes Haar, das bis zu ihrer Brust fließt.

„Das ist ein guter Freund von mir, der dich kennenlernen wollte", verkündet Mario feierlich und mit einem breiten Lächeln.

Das Gesicht der Großmutter wird weiß.

Marios Vater erschrickt. Er trägt noch immer eine Mütze, wie vorhin, als Florian ihm begegnet ist, aber hier im Wohnzimmer fällt es Florian besonders auf.

Florian blickt nervös durch die Glastür hinaus auf den Balkon.

Die Großmutter bleibt auf der Couch sitzen und blickt mit gesenktem Kopf stumm vor sich hin. Ihre Brust bewegt sich ruckartig auf und ab, als nähme ihr langsam etwas die Luft zum Atmen. Jetzt fängt sie an, mit dem Kopf zu zittern – und Marios Lippen beben, als der Vater nun vom Stuhl hochfährt.

Florian bemerkt, dass Marios Vater dreimal leicht mit dem Kopf zuckt, als er gerade zögernd mitten im Raum stehen bleibt. Er atmet tief durch, wobei er seinen Sohn ansieht, dabei kneift er die Augen zu und schluckt immerfort. Schließlich geht er auf Florian zu und wird ruhiger, aber Florian bemerkt, dass die Ruhe nur gespielt ist. Er versucht unentwegt, seine Beklemmung herunterzuschlucken, denkt Florian, aber das will ihm nicht gelingen. Die Großmutter blickt weiter zu Boden und wagt es nicht, den Kopf zu heben. Niemand soll ihr Gesicht sehen, denkt Florian.

Mario blickt zur Decke des Zimmers und schließt die Augen.

„Neulich", erklärt Marios Vater an Florian gewandt, „da hat Mario einfach eine einsame Frau mitgenommen und sie mir vorgestellt. Ich finde das nicht richtig – denken Sie nicht auch?"

Florian antwortet nicht.

Mario rührt sich nicht vom Fleck. Auch er trägt noch seine Mütze, fällt Florian jetzt auf.

„Verlassen Sie bitte die Wohnung", sagt der Vater leise zu Florian.

Mario blickt seinem Vater nicht in die Augen, als dieser Florian nun zur Wohnungstür begleitet. Ein Sonnenstrahl lässt Marios goldenen Ohrstecker wie einen kleinen Stern leuchten, erkennt Florian noch im Hinausgehen.

„Ich entschuldige mich für Mario", sagt der Vater. „Meine Mutter will keine Fremden hier – vor allem heute nicht. Verzeihen Sie, dass Mario Sie eingeladen hat."

Florian nickt nur, und dann steht er vor der geschlossenen Tür.

In der Wohnung sagt Mario zu seinem Vater: „Der Alte wirkte so einsam, und da dachte ich, ich lade ihn für einen Nachmittag ein. Dann hat er eine Familie für kurze Zeit. Ich habe das auch gemacht, um Oma zu trösten, sie abzulenken."

„Er ist aber nicht dein Großvater", sagt Marios Vater. „Du kannst Verstorbene nicht einfach durch irgendwelche fremden Menschen ersetzen."

„Das weiß ich doch, Papa. Aber … ach, es ist sechs Jahre her, dass Opa starb. Wir hätten einfach so tun können, als wäre er eine Art Opa, und wir hätten diesem Mann aus Österreich damit auch eine Freude bereitet. Dasselbe hatte ich mit der einsamen Lucia vor, die ich neulich eingeladen habe, die du jedoch ebenfalls weggeschickt hast. Ich weiß, dass es keine Möglichkeit gibt, tote Menschen zurückzuholen, aber am liebsten würde ich das tun! Oma trauert immer noch um Opa. Glaubst du, das hätte er gewollt? Ihr sitzt stundenlang im Wohnzimmer, ohne ein Wort zu sagen, starrt an die Wand und tut so, als wäre alles in Ordnung. Aber das ist es nicht. Und es wird nie wieder in Ordnung sein. Ich halte das nicht mehr aus!“ Mario verlässt die Wohnung und schlägt die Tür hinter sich zu.

Florian geht am Sile entlang. Es ist ein ruhiger und langsamer Fluss; hell schimmert er in der Abenddämmerung. Eine Weile spaziert Florian vor sich hin, nur der Strömung folgend. „Wohin der Fluss wohl führen mag?“, denkt er laut. Gesäumt ist er hier von Alleen, hellen Häusern und Parks. Florian bleibt einen Moment lang in einem Park stehen, wo der Fluss hinter einer Biegung verschwindet. So ruhig strömt er dahin, dass Florian ihm am liebsten folgen würde, für immer, ohne dabei an irgendetwas denken zu müssen.

Mario streift derweil durch die Innenstadt, bis er Freunde trifft, mit denen er ausgeht. Aber auch die lustigen Unterhaltungen lassen ihn den Streit mit dem Vater nicht vergessen. Oft denkt er daran, dass er seine Mutter nie hat kennenlernen dürfen. Immer, wenn er so traurig ist, sehnt er sich nach dem Sile. Folgt er dem Fluss ein Stück weit durch die Stadt, dann beruhigt er sich, während er sich ganz auf den leisen Lauf des Wassers konzentriert.

Erst spät in der Nacht verlässt er seine Freunde. Nun denkt er wieder daran, dass er nach Venedig will, um dort seine große Liebe zu finden. Was bietet ihm denn die Stadt Treviso? – Eine traurige Familie, mehr nicht. Nur der alte Florian schien freiwillig hierhergekommen zu sein. „Venedig“, denkt Mario sehnsuchtsvoll und laut, „dort ist es viel schöner und alles ist spektakulärer!“

Er schlendert die Via Roggia entlang und blickt in den Kanal, der neben ihm entlangläuft: die Roggia. Sie ist ein Arm des Flusses Botteniga. Er stellt sich vor, wie die toten Menschen, welche er liebt, aus diesem Wasserarm der Roggia wieder auftauchen – das wäre für Mario noch viel schöner als all die Geschichten über Liebe und Macht, die einst in Venedig entstanden sind.

In seiner Vorstellung sind Mama und Opa jung und schön, wenn sie aus dem Wasser steigen, und sie wollen ihn umarmen. Als er nun aber erneut ins Wasser blickt, bemerkt er, dass darin die Leichen von Mama und Opa liegen – ihre Körper sehen aufgedunsen aus, starr wie gefrorene Äste und leichenblass. Er erschrickt und erwacht im Morgengrauen.

Er bemerkt, dass er auf einer Brücke liegt. Er muss wohl hier in der Via Roggia eingeschlafen sein, aber diese Winternacht war so mild, dass er fast gar nicht friert.

Nun macht er sich auf dem Heimweg zu seinem Vater. Dabei denkt er zurück: Als er vierzehn Jahre alt war, hatte ihm seine Großmutter erzählt, dass die Via Roggia von der Zeit vor den Bombenanschlägen des Zweiten Weltkriegs berichtet, die die Stadt Treviso verwüsteten. Seine Großmutter hatte ihm dabei die Fotografie eines zerstörten Hauses in der Via Roggia gezeigt, das bombardiert worden war.

Da war Mario vor Zorn rot angelaufen und hatte gesagt: „Ich stelle mir lieber vor, die Zerstörung wäre niemals passiert, wenn ich durch die Via Roggia von Treviso laufe. Und wenn ich etwas gelernt habe durch die Trauer und den Schmerz, dann das, dass die Zeit eben nicht alle Wunden heilt. Aber der Glaube kann Berge versetzen. Und ich habe gelernt, dass es immer Hoffnung gibt, wenn man glaubt."

Marcel Zischg, *geboren 1988, lebt in Meran (Südtirol) und arbeitet derzeit in einer Schulbibliothek. Er schreibt Kurzgeschichten und Märchen für Kinder und Erwachsene. Seine letzten Kurzgeschichten spielen zumeist in kleineren Städten Italiens.*

Veränderte Welt

Venedig-Veduten
mit zarten Konturen:
filigrane Silhouette
des Dogenpalastes –
weich vorm plätschernden
Wasser platziert

Doch – die Möwe
sieht klarer:
Ihr Flügel
zerbrach
beim riskanten
Manöver an
steinerner Härte! –

Mühevoll schleppt sie ihn nun
als beschwerliche Last durch die Gassen
und fürchtet das Wasser
– aus Angst vorm Ertrinken …

Zitternde Spiegelflächen
locken mit Flügelschlag
im Labyrinth der Kanäle

Doch der Seevogel kennt
seine Schwingen nicht mehr
und den lustvollen Gleitflug
den Fischgründen zu
und die rauschende Stille
der Meereinsamkeit …

Barbara Neymeyr, Jg. 1961, Professorin für Neuere deutsche Literatur.

Tot in Venedig

Das schwere Portal der Kölner St. Agnes Kirche öffnete sich weit, während die letzten Takte der Orgelklänge noch in der Luft hingen. Rita und Angelo traten aus dem Kirchenschiff ins Freie und ein Regen von Konfetti ging auf sie nieder. Sie strahlten mit der Sonne um die Wette, er im eleganten dreiteiligen Cutaway, sie im blendend weißen Brautkleid mit Brüsseler Spitze. Unter dem Beifall der Gäste küssten sie sich lang und innig. Man hätte meinen können, dass hier irgendwelche Royals oder zumindest Prominente der A-Klasse Hochzeit feierten, aber nein, Rita war frisch pensionierte Kriminalbeamtin und Angelo ein bescheidener Gemüsehändler, ganz normale Leute eben. Dass Angelo kürzlich eine recht ansehnliche Summe im Lotto gewonnen hatte, spendierte ihnen das nötige Kleingeld für diese opulente Hochzeit, ansonsten wären sie bei ihren ursprünglichen Plänen geblieben: Standesamt im adretten Kostüm beziehungsweise vorzeigbarem Anzug und in ganz kleinem Freundeskreis.

Nun aber bestiegen sie unter dem Jubel der Hochzeitsgäste die wartende Kutsche und fuhren voran zum Dreisternerestaurant, in dem die Feier stattfinden sollte. Ein hupender Autokorso folgte ihnen quer durch die Stadt, alle Wagen geschmückt mit Gestecken aus roten Rosen und weißen Lilien, Ritas Lieblingsblumen.

Angelo hatte bei den weißen Lilien arge Bedenken gehabt: „Aber, Rita, mia cara, du kannst doch keine Blumen des Todes zu unserer Hochzeit wählen!", hatte er flehentlich versucht, sie umzustimmen.

Rita aber lachte nur. „Ach, Angelo, ihr Italiener seid immer so herrlich abergläubisch! Als ob Blumen jemandes Tod bedeuten könnten! Außer natürlich, er ist hochgradig allergisch. Bist du etwa allergisch, mein Liebster?"

Natürlich war Angelo nicht allergisch und so war es bei den weißen Lilien geblieben, basta.

Die Feier wurde ein rauschendes Fest. Rita bedauerte, dass ihre beste Freundin Claudia nicht hatte kommen können, aber sie würde mit ihr noch gebührend nachfeiern.

Nach einem vorzüglichen Fünf-Gänge-Menü tanzten Rita und Angelo eng umschlungen den Eröffnungswalzer und überließen danach die Tanzfläche den Gästen, während sie sich klammheimlich aus dem Staub machten. Das Flugzeug nach Venedig wartete schließlich nicht auf sie!

Mit einem Taxi fuhren sie rasch nach Hause, zogen sich um, griffen ihre gepackten Koffer und kurze Zeit später waren sie auch schon in der Luft. Rita kuschelte sich verliebt an Angelos Schulter. „Und? Bist du schon aufgeregt? Nach all den Jahren ein Besuch in der Heimat und dann auch noch mit frisch angetrauter Ehefrau!"

Angelo drückte Ritas Hand, an der ihr goldener Ehering blitzte, und hob sie zu einem Kuss an seinen Mund. „Ach, Rita, mia cara! Sono molto nervoso! Aber alles wird gut, la mamma wird dich lieben wie ihre eigene Tochter! Und natürlich auch Schwestern, Brüder, Tanten, Onkel, Cousins, Cousinen …"

Rita lachte. „Ach, ich freue mich so darauf, endlich deine Familie kennenzulernen!"

Angelo grinste. „Wart's nur ab, bis du das Geschenk von Tia Anna auspackst – sie verschenkt zu jeder Hochzeit eine Bonbonniere aus venezianischem Glas, die aussieht wie ein sterbender Schwan. Vermutlich lebt der alte Glasbläser Tomasio nur von ihren Hochzeitsgeschenken."

Rita lachte und deutete aus dem Fenster: „Guck mal, da unten kann man schon den Turm vom Markusdom sehen!"

Angelo beugte sich über sie. „Ah, le Campanile di San Marco! Nun sind wir bald zu Hause, meine Liebste. Ich brenne darauf, dir meine Stadt zu zeigen, jede geheime Ecke, von der Touristen nicht einmal etwas ahnen!"

Am Flughafen herrschte typisch italienisches Chaos, Menschen wuselten durcheinander und unterhielten sich quer durch die ganze Ankunftshalle in ohrenbetäubender Lautstärke. Rita und Angelo zogen flugs ihre Koffer vom Laufband, bevor die neben ihnen stehende Großfamilie sie als die ihren beanspruchen konnte – auf fünf Gepäckwagen schwankten ganze Türme von Koffern und Taschen und alle griffen emsig scheinbar wahllos nach weiteren Gepäckstücken auf dem Band.

Rita war selig. Genau *so* hatte sie sich Italien vorgestellt! Laut und bunt und chaotisch. Ihr ganzes Leben lang hatte sie einmal nach Italien fahren wollen, aber irgendwie hatte es nie geklappt. Und nun machte sie Flitterwochen hier. In Venedig sogar!

Am Ausgang wurden sie von Angelos Familie in Empfang genommen – wie es aussah, von seiner ganzen Familie. Unzählige Menschen schnatterten durcheinander, gaben ihnen die Hand (die Männer) oder drückten sie an ausladende Busen (die Frauen). Sogar Angelos Mutter, la mamma, war dabei, eine zierliche Frau von über 90 Jahren im Rollstuhl, schwarz gekleidet und mit Tränen in den Augen. „Angelo! Dass ich das noch erleben darf, bevor der Herrgott mich zu sich ruft!"

Angelo beugte sich über sie und umarmte sie innig. Dann löste er sich von ihr, zog Rita an seine Seite und sagte: „Mamma, darf ich dir meine wunderbare Frau vorstellen?"

Die alte Dame musterte Rita mit scharfen Augen, dann zog ein feines Lächeln über ihr faltiges Gesicht und sie reichte Rita die Hand. „Mi figlio minore hatte immer schon einen guten Geschmack. Offenbar hat er den auch im fortgeschrittenen Alter nicht verloren. Willkommen in der Familie."

„Mille grazie, Signora!" Rita schüttelte ihrer Schwiegermutter die Hand und unterdrückte einen Schmerzenslaut – sie hätte nicht gedacht, dass die alte Frau so fest zudrücken konnte.

Angelos älterer Bruder Riccardo klatschte in die Hände: „Avanti, avanti! Lasst uns nach Hause fahren, Francesca wartet sicherlich schon mit dem Abendessen auf uns!"

Rita stöhnte leise. Schon wieder essen? Angelo hatte sie vorgewarnt und sie war froh, sich beim Mittagessen ein wenig zurückgehalten zu haben.

Während Koffer und Menschen in den Autos verstaut wurden, diskutierten zwei Cousins lautstark mit den Carabinieri, die ihnen wegen Parkens in dritter Reihe Strafzettel verpassen wollten. Als sie erwähnten, dass sie ein Hochzeitspaar abholten, strahlten die Polizisten und gratulierten Rita und Angelo ausgiebig. Die Knöllchen sammelten sie wieder ein und warfen sie in den nächsten Mülleimer.

„Kurzer Dienstweg", dachte Rita anerkennend und grinste. Das wäre in Deutschland wohl kaum möglich!

Bei Riccardo und Francesca zu Hause angekommen, schleppten einige Neffen ihr Gepäck ins Gästezimmer. Rita und Angelo hätten sich zwar lieber ein Hotelzimmer genommen, aber das war innerhalb der famiglia als völlig indiskutabel abgeschmettert worden. Sie waren doch keine lästigen Touristen, die man ins Hotel abschob!

Zwischen Primo und Secondo drückte Angelo unter dem Tisch Ritas Hand und flüsterte ihr zu: „Nach dem Dolce ziehen wir uns zurück und gehen in die Stadt. Ich habe eine kleine Überraschung für unsere Hochzeitsnacht vorbereitet."

Rita sah ihn fragend an. Angelo grinste. „Nein, ich verrate nichts, lass dich überraschen, es wird dir gefallen!"

Rita hauchte einen Kuss auf seine Wange. „Ach, mein Liebster, du überraschst mich jeden Tag aufs Neue!"

Wie versprochen machten sie sich nach dem Dolce auf den Weg in die Innenstadt Venedigs. Es war schon spät in der Nacht, kaum noch waren Touristen unterwegs. Über zahllose Brücken führte Angelo seine Frau mit schlafwandlerischer Sicherheit durch verwinkelte Gässchen und enge Durchlässe zwischen windschiefen Häuschen. Gleich neben der Kirche San Geremia endete ihr Weg – sie standen am Ufer des Canal Grande.

„Oh!", entfuhr es Rita. „Der Canal Grande! Den wollte ich immer schon einmal sehen! Ach, Angelo, du machst mich zur glücklichsten Frau der Welt!"

Angelo strahlte und küsste sie lang und leidenschaftlich. Dann löste er sich aus ihrer Umarmung und zog sie in Richtung des Gondel-Anlegers. „Komm, mia cara, lass mich dich noch glücklicher machen!"

Mit einladender Geste deutete er auf eine der vertäuten Gondeln. „Michele, mein Cousin, ist Gondoliere. Für heute Nacht hat er uns seine Gondel geliehen. Was sagst du dazu?"

Rita starrte ihn sprachlos an. „Eine Fahrt mit der Gondel? Auf dem Canal Grande im Mondschein?" Sie fiel Angelo um den Hals und küsste ihn stürmisch. „Das ist die schönste Überraschung, die ich je erlebt habe!"

Angelo half ihr in die schwankende Gondel und geschickt ruderte er los, vorbei an prachtvollen Dogenpalästen und ehrwürdigen Kirchen, während Rita vor ihm auf der Bank Platz genommen hatte, ihre Hand durchs Wasser gleiten ließ und lächelnd seinem leisen Gesang lauschte. Das Leben war einfach wundervoll.

Eine knappe Stunde später saß sie tropfnass und in eine Decke gewickelt in der Polizeistation. Sie war starr vor Entsetzen, unaufhörlich liefen ihr Tränen die Wangen herab. Auf die wiederholten Fragen der Carabinieri, was genau denn nun passiert war, hatte sie einfach keine Antwort. Ganz plötzlich war Angelos schmelzendes *O sole mio!* abgebrochen, gerade als sie unter der Rialtobrücke hindurchfuhren. Ein lautes Platschen hatte sie hochschrecken lassen, die Gondel schwankte und im fahlen Licht des Mondes kräuselten Wellen das Wasser des Canal Grande.

Angelo war verschwunden. Rita saß allein in der Gondel und rief panisch seinen Namen. Sie wusste, dass er nicht schwimmen konnte und sprang, ohne zu überlegen, ins kalte Wasser. Aber wie oft sie auch tauchte, das Wasser war zu dunkel und zu trüb, sie konnte Angelo einfach nicht finden. Die Besatzung eines Polizeibootes auf Streife war durch ihr Rufen aufmerksam geworden, die Beamten zogen sie aus dem Wasser und brachten sie auf die Wache.

Hier kauerte sie nun auf einem unbequemen Stuhl, weinend und vor Kälte zitternd, allein in einem fremden Land. Die Polizei hatte seinen Leichnam nach kurzer Suche unweit der Rialtobrücke aus dem Canal Grande geborgen. Angelo war fort, für immer.

Nach einer gefühlten Ewigkeit kamen Riccardo und Francesca, um sie nach Hause zu holen. Die ganze Nacht blieben sie bei ihr und redeten beruhigend auf sie ein. Die Familie hatte großes Verständnis dafür, dass sie so schnell wie möglich zurück nach Hause wollte. Hier in Venedig hielt sie nichts mehr, nicht nach den Erlebnissen der letzten Nacht.

Einige Tage später saß Rita endlich im Flugzeug zurück nach Hause. Alle Formalitäten waren erledigt und Angelo in der Familiengruft beerdigt worden. Nach dem Start sah sie noch einmal aus dem Fenster hinab auf die Lagunenstadt, der Campanile di San Marco schien ihr freundlich zum Abschied zu winken. Schade, dass ihr Aufenthalt hier nur so kurz gewesen war, sie hätte gerne mehr von Venedig gesehen. Aber die Gelegenheit war einfach zu günstig gewesen – ein kleiner Schubs hatte gereicht und der miese Heiratsschwindler Angelo hatte seine gerechte Strafe erhalten. Lottogewinn – von wegen! Rita hatte herausbekommen, dass er die ergaunerten Tausender im kleinen Kühlraum seines Gemüseladens versteckt hatte, gleich hinter den Mandarinenkisten – nicht umsonst war sie eine der erfolgreichsten Ermittlerinnen ihrer Dienststelle gewesen. Nachdem er ihre beste Freundin Claudia um 50.000 Euro betrogen hatte, hatte Rita sich in ihrer Freizeit auf Angelos Spur gesetzt. Claudia wollte nämlich partout keine Anzeige erstatten, es war ihr einfach zu peinlich.

Ob Angelo tatsächlich in Rita verliebt gewesen war oder ob er mithilfe von Ritas Beamtenpension sich zur Ruhe hatte setzen wollen – nun ja, sie wünschte ihm tatsächlich, dass er in Frieden ruhen möge, der alte Charmeur, alles andere war ihr ziemlich egal. Zu Hause angekommen würde sie Claudia erst das gestohlene Geld zurückgeben und dann mit ihr auf Reisen gehen. Einmal um die Welt und wieder zurück, genügend Kleingeld hatten sie ja nun. Nur Venedig würden sie auslassen.

***Andrea Schilken-Raulf:** geboren 1964 – außen schon grau, dafür innen umso bunter. Im beschaulichen Velbert-Neviges lässt sie Tag für Tag mit fliegenden Fingern die Tasten klappern, sowohl für den Broterwerb als auch für eigene Geschichten. Oder wie ihre beste Freundin es einst treffend auf den Punkt brachte: Beruf und Berufung – Buchstabensuppenköchin.*

Wer zuletzt lacht ...

Mit heftigem Herzklopfen bestieg Amely den Zug. Für den einwöchigen Aufenthalt in Venedig hatte sie einen überdimensional großen Koffer, einen Rucksack und eine Zeichenmappe dabei. Wie gut, dass sie vor der Abreise einen Sitzplatz reserviert hatte. Den Koffer hievte sie gemeinsam mit einem freundlichen Schaffner in den Gepäckkorb oberhalb ihres Sitzes. Im Moment war sie noch allein in dem Abteil, vermutete aber, dass um diese Jahreszeit sicher viele Menschen nach Venedig fahren würden. Es war Mai und die Sonne meinte es schon gut hier in Wien, also musste es in Venedig noch um einiges wärmer sein. Nachdem sie auch ihre Zeichenmappe verstaut hatte, widmete sie sich ihrem Rucksack. Um Geld zu sparen, hatte sie einige belegte Brote gerichtet, die sie während der Fahrt verspeisen wollte, auch zwei kleine Flaschen Mineralwasser hatte sie eingepackt.

Die lang ersehnte Reise konnte beginnen. Von Uli Forster hatte sie schon viel Gutes gehört und von Recherchen aus dem Internet wusste sie, dass er fantastische Bilder anfertigte. Er hatte eine eigene Art, Aquarelle zu malen, die ihr besonders gefiel. Als er im Februar ein Malseminar in Venedig anbot, beschloss sie spontan, sich anzumelden. Sie selbst versuchte sich schon mehrere Jahre in der Kunst des Malens, aber so richtig wollte es nicht gelingen. Sie war sicher, dass sie bei diesem Seminar einiges dazulernen konnte.

Es dauerte nicht lange und der Zug setzte sich träge in Bewegung, verließ den Hauptbahnhof und steigerte bald das Fahrtempo auf offener Strecke, hinaus in die dunkle Nacht.

Energisch wurde die Schiebetür zu ihrem Abteil geöffnet und eine nicht gerade dezent geschminkte Blondie trat ein. Amely fiel sofort die schwarze Zeichenmappe auf, die sie vor sich herschob.

„Ich nehme an, dass hier noch Plätze frei sind!", vermutete sie und stellte ihre Handtasche auf einen der leeren Sitze.

Amely war etwas überrascht über die rüde Tonart. „Hallo, und guten Tag, ja, hier sind bis auf meinen Platz noch alle anderen leer!", entgegnete sie freundlich.

Nachdem keine Antwort kam, beschloss auch sie, zu schweigen, und verfolgte das Treiben der Blondine. Sie hatte zwei große Reisetaschen dabei und ihre Designerhandtasche. Nachdem sie alles verstaut hatte, erblickte sie Amelys Zeichenmappe.

„Fährst du zu Uli Forster?", fragte sie.

Amely nickte nur.

„Ich bin Valerie Stöger", stellte sie sich vor.

„Amely Hausmann", kam die Antwort.

„Warst du schon bei einem Malkurs von Uli Forster?", wollte Valerie wissen.

Amely schüttelte den Kopf. Wieso duzte Valerie sie, ohne zu fragen?

„Er ist ein begnadeter Künstler und ein wahnsinnig toller Mann. Ich fahre eigentlich nur deshalb, weil ich ihn unbedingt erobern will. Er ist groß, hat schulterlanges Haar und ein markant geschnittenes Gesicht. Ich könnte ihm stundenlang zuhören, wenn er spricht. Die Malerei ist mir nicht wichtig, ich stehe derart auf ihn, dass es diesmal mit uns funktionieren muss!", faselte sie schwärmerisch.

Natürlich hatte Amely sein Gesicht bereits im Internet gesehen, aber so faszinierend fand sie den Mann nicht, der bereits um die 40 Jahre sein musste. Er sah zwar gut aus, aber er war nicht ihr Typ. Außerdem kam sie aus Wien und der Mann wohnte irgendwo in Deutschland und überhaupt war sie eine begeisterte Bibliothekarin und nur Hobbymalerin. Das würde alles nicht zusammenpassen.

„Heißt das, dass du schon mehrere Kurse bei ihm gemacht hast?", erkundigte sie sich neugierig.

„Natürlich, ich bin total in ihn verliebt und fahre in ganz Deutschland herum, sobald er einen Kurs anbietet! Ich kann gut malen, aber ich stelle mich absichtlich dumm an. Dann hilft er mir immer wieder. Allein wenn er sich über meine Arbeit beugt und ich sein herbes Parfum einatmen kann, wird mir heiß!"

„Schön für dich!", konstatierte Amely und nahm einen Schluck Wasser aus einer ihrer Mineralwasserflaschen.

„Wo wohnst du?", wollte Valerie wissen.

„Im Hotel Canal", antwortete Amely.

„Aber wir wohnen doch alle zusammen im NH-Venezia, hast du das nicht gewusst?", stellte Valerie entrüstet fest.

„Doch, aber das ist mir zu teuer! Uli Forster hat geschrieben, dass wir einander am ersten Tag bei der Rialtobrücke um 14 Uhr mit unserem

Zeichenblock treffen. Also werde ich morgen dorthin pilgern und zu der Gruppe der Teilnehmer stoßen!", erklärte Amely gereizt. Was bildete sich diese Person eigentlich ein?

„Wenn du meinst?", schnaubte Valerie und verließ das Abteil mit der Bemerkung, dass sie den Speisewagen suchen wolle. Amely atmete durch. Hoffentlich waren die übrigen Kursteilnehmer umgänglicher! Müde schlief sie ein.

Gegen Mitternacht wurde sie unsanft geweckt. Valerie stürmte ins Abteil. „Stell dir vor, Uli ist im Zug! Ich habe ihn im Speisewagen getroffen. Er saß mit einem jungen Mann an einem der Tische und trank gerade Bier!"

Amely blickte Valerie verschlafen an. „Und?", erlaubte sie sich zu fragen.

„Was *und*?", fuhr Valerie sie an. „Ich habe natürlich sofort neben Uli Platz genommen und mich in die laufende Diskussion eingebracht!", fuhr sie fort.

Amely rollte nur mit ihren braunen Augen. „Wir sind einander nähergekommen, weil die Bank ziemlich schmal war. Es hat so gutgetan, sich an ihn anlehnen zu dürfen!", schwärmte sie weiter. „Die Wärme, der gute Geruch nach Pfefferminzbonbons, die er immer lutscht, und sein Parfum können einem den Verstand rauben!"

Jetzt wurde es Amely zu bunt. „Kannst du vielleicht die Klappe halten und in deinen Träumen an den Mann denken? Ich möchte gerne schlafen!", spie sie so böse aus, dass Valerie tatsächlich kurz den Mund hielt und sich beleidigt in ihrem Sitz vergrub.

„Uli hat ein Schlafwagenabteil!", erklärte sie noch grantig.

„Na, dann würde ich dir raten, dass du dich auf den Weg machst. Vielleicht findest du ihn und er lässt dich bei sich pennen!", knurrte Amely und setzte sich ihre Kopfhörer auf, damit sie endlich von Valeries Gefasel loskam.

Gegen 10 Uhr morgens erreichte der Zug den Bahnhof Venezia Santa Lucia. Amely war schon seit einer Stunde wach und hatte in der Toilette Zähne geputzt und sich etwas frisch gemacht. Als sie zurück ins Abteil kam, musste sie das Lachen verbeißen. Valeries Make-up war zerflossen, die Wimperntusche verschmiert und die Frisur komplett zerstört. Gerade schlug sie die Augen auf.

„Du siehst ramponiert aus, pass bloß auf, dass Uli dich nicht so sieht, sonst ist es aus mit der Liebe!", stichelte Amely.

Valerie schoss in die Höhe, nahm ihre Handtasche und verließ wütend das Abteil in Richtung Toilette.

Amely versuchte, ihren Koffer aus dem Gepäcknetz zu fischen, als ein Mann am Gang vorbeiging. Er öffnete die Tür, packte ungefragt den Koffer beim Griff und stellte ihn zu Boden. „Danke, das ist sehr nett von ihnen", murmelte sie verlegen. Jetzt erst erkannte sie, dass es der Meister persönlich war. „Uli Forster!", stellte er sich vor. „Oh … ich …!", stotterte Amely verlegen. Kurz hatten sich ihre braunen Augen in seinen blauen verfangen. Ja, er war ein attraktiver Mann, das konnte man nicht leugnen.

„War mir eine Ehre, Ihnen zu helfen!", erklärte er und verließ, so schnell wie er gekommen war, das Abteil.

Während alle Kirchenglocken der Umgebung die Mittagsstunde einläuteten, erreichte Amely das Hotel Canal. Im Zimmer machte sie sich frisch und studierte den Stadtplan. Kurz vor 14 Uhr marschierte sie los zur Rialtobrücke, bewaffnet mit Zeichenblock, Stiften und Pinseln, einem dreibeinigen Klapphocker und einem kleinen Malkasten. Tatsächlich, da stand Uli Forster und um ihn herum schon zwei Männer und drei Frauen. Von Valerie keine Spur.

„Hallo und grüß Gott", rief sie fröhlich in die Runde. Jetzt erkannte Uli sie wieder und grinste verlegen. „Ich bin Amely Hausmann!", erklärte sie und die fünf Personen nickten und stellten sich vor. „Oh, die Namen werde ich mir nicht alle merken!", stammelte sie. Uli hatte aber kleine Namenskärtchen mit Sicherheitsnadeln dabei, die er nun austeilte. Wieder schenkte er Amely ein warmes Lächeln.

„Es ist 14 Uhr, lasst uns beginnen! Wir werden uns mit den Klapphockern nahe der Brücke einen etwas ruhigeren Platz suchen und den Kanal mit einer Gondel malen!", ordnete er an.

Nachdem alle ihren Hocker positioniert hatten, fertigte der Meister mit wenigen Strichen eine Skizze an. „Versucht es bitte so in dieser Art!", bat er seine Schützlinge.

„Uli, hallo!", kreischte Valerie aus der Ferne. Sie kam angerannt und die blonden Haare flatterten im Wind. „Ich musste noch auspacken, verzeih, dass ich spät dran bin", trällerte sie, klappte ihren Hocker auf und nahm direkt neben ihm Platz.

Leises Gemurmel bei den übrigen Teilnehmern war zu vernehmen. Ulis Kiefer malten und er biss sich auf die Unterlippe. Anscheinend wollte er etwas sagen, unterließ es aber.

Der Lehrer ging von einem zum anderen und betrachtete die Werke, gab Anregungen und korrigierte dort, wo es notwendig war. Bei Amely verweilte er etwas länger und legte seine linke Hand auf ihre rechte Schulter. „Gefällt mir!", stellte er fest. „Nicht nur deine Skizze!", setzte er fort.

„Ich kann das nicht, ich bin noch so zitterig von der langen Reise!", jammerte Valerie und klimperte mit den falschen Wimpern. „Uli, bitte, hilf mir!" Die drei Frauen sahen einander an und schüttelten die Köpfe, die beiden Männer schmunzelten vielsagend.

Uli fertigte wortlos eine Skizze für Valerie an, weil er ja mit allen Teilnehmern auf dem gleichen Stand sein wollte. Danach öffnete er seinen Malkasten und begann, die Farben zu mischen. Er hatte einen verschließbaren Plastikbecher dabei, der mit Wasser gefüllt war. Innerhalb weniger Minuten nahm das Blatt Farbe an und es entstand eine bunte Szene von Kanal und Gondel. Alle bis auf Valerie taten es ihm gleich und es entstanden erstaunliche Bilder.

„Ich kann mich nicht entscheiden, welches Blau ich verwenden soll!", jammerte Valerie schon wieder.

„Das musst du aber, denn ich bin nicht ständig bei dir!", grollte Uli böse.

„Schade!", flötete Valerie.

Uli Forster war bereits sehr verärgert, nur seiner Höflichkeit war es geschuldet, dass er nicht explodierte. „Wie oft hast du schon einen meiner Kurse besucht?", zischte er böse.

„Oft, ich mag zwar deine Maltechnik, aber dich mag ich lieber, ehrlich gesagt, liebe ich dich!", konterte Valerie.

Der letzte Satz trieb Uli die Röte ins Gesicht. Er schluckte, griff nach seinem Hocker und meinte: „Leute, wir gehen ein Stück weiter um die Ecke in eine kleine Gasse, am besten ihr folgt mir!"

Amelys neue Skizze gefiel Uli wieder gut. „Du hast Talent! Lass uns abends zusammen einen Drink im Hotel nehmen. Ich möchte gerne mehr von dir erfahren!"

Amely lächelte. Eine wohlige Wärme verbreitete sich in ihrem Körper. Ja, es würde ihr gefallen. Ob er doch ihr Typ war? „Ich wohne aber im Hotel Canal", entgegnete sie.

„Gut, dann komme ich gegen 21 Uhr in die Bar deines Hotels, und wir können uns unterhalten! Ich glaube, da gibt es sogar Tanzmusik!"

Als Valerie Amely und Uli so nahe beieinanderstehen sah, wurde sie wütend und rannte auf sie zu. Sie hielt das nun doch fertige Bild dem Lehrer unter die Nase. „Und?", fragte sie provokant. „Was sagst du jetzt?"

Uli atmete tief durch. „Gut, sehr gut, stell es hier hin zu meinem Hocker und geh ein Stück zurück. Man muss immer sein Werk aus der Ferne betrachten!", befahl er und legte einen Arm um Amelys Schultern. „Wir warten, was du zu deinem Werk sagst, dann sehen wir es uns alle an!"

Valerie positionierte ihr Bild, trat siegessicher ein paar Schritte zurück und landete mit einem Plumps im Wasser. Großes Gelächter der übrigen Kursteilnehmer und aller Touristen, die das Schauspiel mitverfolgen konnten!

Valerie schlug um sich und schimpfte fürchterlich, aber niemand wollte ihr helfen, aus der Brühe zu entkommen. Sie schwamm zu einer Steinstufe und kletterte aus dem Wasser. „Das war gemein von dir!", schrie sie Uli Forster an.

„Ich glaube, du solltest dich umziehen und vielleicht wäre es besser, wenn du in Zukunft nicht mehr zu meinen Kursen kommst!", erklärte er lachend und freute sich bereits auf den Abend mit Amely.

Hannelore Futschek wurde 1951 in Wien geboren. Nach Matura und Studium heiratete sie und zog mit ihrer Familie 1984 ins Weinviertel. Sie übte mehrere Berufe aus, unter anderem als Bankangestellte, Bestatterin und Angestellte im Arbeitsmarktservice. Seit der Pensionierung begann sie, Kurzgeschichten zu schreiben. Das Spektrum hat sie um Romane erweitert, die Liebesgeschichten, Biografien und Krimis zum Thema haben. Bis dato wurden in mehreren Anthologien ihre Kurzgeschichten veröffentlicht.

Un Amore Italiano

Elba - Verbannung und Leidenschaft

Nach der vollkommen unerwarteten Trennung von meinem Mann, mit dem ich fast 20 Jahre verbunden war, wollte ich nur noch weg. Ihn vergessen. Die Tränen trocknen lassen. Eine Auszeit nehmen. Doch wohin sollte ich? Ich war seit Jahren nicht mehr allein in den Urlaub gefahren, also wollte ich auf keinen Fall dorthin, wo ich schon einmal mit Herbert gewesen war. Sehnsuchtsland Italien. Toskana. Ja, das wäre es. Ich nahm eine italienische Landkarte zur Hand, denn Italien hasste mein Verflossener. Dann ließ ich meinen Blick über Städte und Inseln schweifen. Rimini? Zu viel los. Venedig? Nur für Verliebte. Elba? War da nicht mal Napoleon gewesen? Verbannt? Ich musste lächeln – verbannt kam auch ich mir vor …

„Elba – Verbannung und Leidenschaft …" ist der 9. Band der Reihe „Un Amore Italiano", der vom Herzsprung-Verlag herausgegeben wird. Das Buch erscheint im Frühsommer 2024.

Einsendeschluss ist der 1 März 2024

Wünsch dich ins Wunder-Weihnachtsland

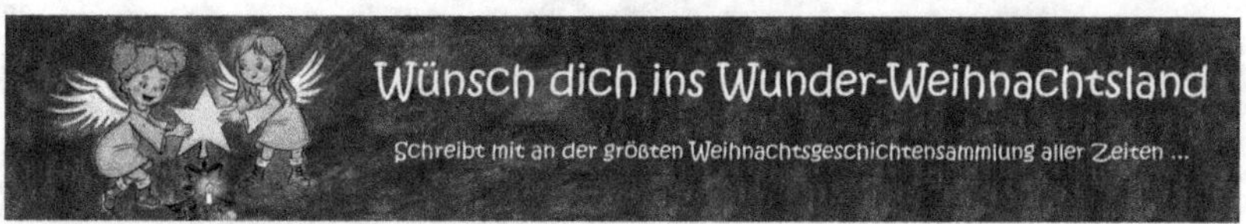

Schreibt mit an der größten Weihnachtsgeschichtensammlung aller Zeiten:

Seit zwölf Jahren sammeln wir mit unseren Wunder-Weihnachtsland-Büchern Geschichten, Märchen, Erzählungen, Haikus, Gedichte ... rund um die schönsten Tage des Jahres – die Advents- und Weihnachtszeit. Hunderte von Texten haben uns in den Jahren erreicht – lustige und besinnliche, heitere und nachdenkliche.

Wenn wir alle Geschichten zusammenfassen, haben wir sicherlich eine der größten Weihnachtsgeschichtensammlungen aller Zeiten für kleine und große Leser zusammengetragen. Und wir schreiben weiter am Wunder-Weihnachtsland – 365 Tage im Jahr.

Einmal im Jahr – immer Anfang November – geben wir ein neues, gedrucktes Buch „Wünsch dich ins Wunder-Weihnachtsland" heraus. Alle Bücher gibt es mit der Veröffentlichung auch als E-Book.

Weitere Infos unter:

www.wuensch-dich-ins-wunder-weihnachtsland.de

Unsere Hoffnung – Unsere Angst

Eine Auseinandersetzung mit Krieg und Frieden

Seit dem Beginn des Ukraine-Kriegs im Februar 2022 geht eine lang vergessene, reale Angst um, denn noch nie seit Ende des Kalten Kriegs war die gefühlte Bedrohung auf eine militärische Auseinandersetzung bei uns so groß wie aktuell. Alte, längst tot geglaubte Ängste tauchen auf, immer wieder geschürt durch die Medien. Was passiert, wenn ... Doch wir möchten diese Gedanken nicht unser Leben bestimmen lassen, setzten Hoffnungen dagegen. Hoffnung auf ein friedvolles Miteinander der Menschen, der Völker.

Alles nur Utopie?

Wir spüren in diesem Buch unseren eigenen Kriegsängsten nach, schreiben über die Hoffnung, die wir jeder kriegerischen Handlung entgegensetzen. Und vielleicht erinnern wir uns auch daran, was Krieg für uns alle bedeuten kann, bedeutet hat ...

Einsendeschluss ist der 15. Mai 2023

www.ingramcontent.com/pod-product-compliance
Lightning Source LLC
LaVergne TN
LVHW010335200726
843507LV00010B/1510